東野圭吾

戀愛纜車

恋のゴンドラ

王蘊潔——譯

導讀——

愛情容不下一點意外

作家／小生

愛情容不下一點意外。

喜歡東野圭吾作品的讀者，一定都知道他很擅長多主線敘事，最後再將這些人物全部串聯在一起。戀愛纜車這部作品，也延續了他最擅長的事，甚至發揮得更淋漓盡致，用一座雪場、一輛纜車、幾對男女，就說了一個「貴圈真亂」的故事。

還好還好，這些故事不到驚世駭俗傷天害理的程度，最多就是茶餘飯後的八卦而已。

但是，誰不愛八卦呢？

原諒我不能在導讀裡劇透，哪怕是透露了一點，都會壞了讀者看八卦的興致。我只能換個方式說說自己的感想。

我相信，每個人對於表達自己的愛，滿足自己的欲求，都會有一個計畫、一個定見，或是一個想像。我們可以預測天氣、我們可以安排時間、我們可以布置場地，但我們始終算不到人心。

我們無法確定將要告白的對象到底愛不愛自己，我們更無法確定將要結婚的男友是不是在外面拈花惹草，我們最無法想像，跟一個人生活一輩子是怎樣的光景。

故事裡的男女都在計畫，有的人是為了求婚，有的人是為了偷吃，每個人都看似透過完美的計畫得到了自己想要的結局，但最後卻抵不過一點點小意外。

而我開始相信，意外的發生，常常反映我們內心真實的想法。很多時候，並不是意外可怕到會拆散兩個人，而是兩個人的愛情脆弱得容不下一點意外。什麼樣的人和心態，造就什麼樣的結局。

如果男友摟著別的女人的腰逛街被你撞見，那是老天爺好心給你看清這男人的機會，趕快分手；如果跟心儀的女孩溜冰結果她不小心滑倒，那是老天爺給你牽手的機會，不要站在一旁笑她跌倒的樣子好蠢，蠢的是你。

什麼樣的人和心態，造就什麼樣的結局。

希望讀完這本書的人，都懂得把危機變成轉機。

目錄

箱形纜車

❄ 1 ❄

滑了一陣子後回到箱形纜車站，發現纜車站前大排長龍。廣太在解開滑雪板上的固定器時，忍不住咂著嘴。

「怎麼回事啊？為什麼突然這麼多人？」

「可能遊覽車剛好送來一批客人。」

桃實坐在雪地上解開固定器後，抱著滑雪板站了起來。她穿著粉紅色和白色格子滑雪衣，搭配綠色滑雪褲。她說是根據桃樹的意象搭配自己的服裝。

「對喔，有可能。唉，運氣真差，好不容易滑在興頭上。」

「別著急，別著急，沒關係啦，我們慢慢滑嘛。」

聽了桃實這句話，廣太覺得有道理。這次的旅行並不是為了享受粉雪的樂趣，也沒有在壓雪的雪道上頻頻挑戰割雪滑行的野心，最大的目的，就是開心滑雪。

「我並沒有著急，只是沒想到妳滑得這麼好，所以也就忍不住越滑越來勁了。」

「有嗎？我滑得不好啊。廣太，你才是真的厲害，剛才看到你在倒滑，還漂亮地完成了一百八十度轉體。」

聽了桃實的話，廣太有點得意。原來剛才炫技時，桃實都看到了。

「那很簡單啦。」

「是嗎？我覺得簡直是神技。」

「妳太誇張了，這種小技巧誰都可以做到，妳只要稍微練習一下，馬上就學會了。」

「是嗎？」

「一定沒問題，那等一下馬上就去挑戰。」

「啊？不行不行。」

「沒什麼不行。凡事都要挑戰，在妳學會之前，都不可以休息。」

「哇，簡直比斯巴達還嚴格。」桃實雖然嘴上這麼說，但臉上的表情顯得很開心。廣太當然也樂在其中。

他們抱著滑雪板，才剛排在隊伍的最後方，立刻有幾個女人排在他們後方。那幾個女人嘰嘰喳喳聊個不停，但氣氛熱鬧一點也不壞。聽說來滑雪場滑雪的客人逐年減少，但今天似乎盛況空前。

雖然人很多，幸好隊伍仍然緩緩向前移動。

「今天的狀況很不錯，我們真是太幸運了。」桃實嘴角露出笑容說。整張臉只有嘴巴從鍍水銀的雪鏡和厚實的圍脖之間露了出來。

「是啊，沒想到雪況這麼理想。幸好天氣預報不準，之前還預報說，可能會下雨。」

「下雨最討厭了。」

「就是啊，下雨就糟了。我這次從上到下的裝備都是新買的。」

「是喔？那真的差一點就毀了。」

「實在太幸運了。」

廣太身上的深藍色滑雪衣和灰色滑雪褲，都是為了今天和桃實第一次滑雪約會特地購買的。不，不光是衣服而已，他的滑雪板、滑雪鞋，以及頭上戴的黃色針織帽，都是為了今天特地新買的。

隊伍緩緩前進，他們來到階梯前，然後小心翼翼地一級一級向上移動。

「聽說這裡有一家店的擔擔麵超有名。」桃實說。

「是啊，擔擔麵裡還加了野澤菜，超好吃，我每次來都必吃。」

「是喔，我好想去吃吃看。」

「ＯＫ！那中午就去那裡吃飯，我們從日向雪道滑下去，應該就不遠了。」

「廣太，你好厲害！好像對這個滑雪場很熟悉。」

「因為這幾年，我每年都來報到。」

「好厲害喔！」桃實再度說道。

真開心啊。廣太深深體會著這份喜悅。單板滑雪是他每年冬天最大的樂趣，而且這次和喜歡的女生一起來，今、明兩天，都可以和她朝夕相處。晚上會一起住在滑雪場旁的飯店，不知道會不會有什麼餘興節目。廣太的遐思無限膨脹，但想像力太豐富會無心滑雪，所以現在必須稍微克制一下。

他們終於來到階梯的最上方，旁邊有一個放雪板護套的籃子。廣太伸手拿了兩個，把其中一個交給桃實。桃實遲遲無法順利把雪板塞進護套，廣太協助她塞了進去。每次在滑雪場搭箱形纜車時，廣太都很納悶，為什麼雪板的護套這麼難用，難道設計不能再人性化一點嗎？

搭乘處就在前方。

「不好意思，麻煩大家共乘。」年輕的女性工作人員大聲說道。廣太很想和桃實單獨搭乘，所以不太滿意眼前的狀況，只不過排隊等著搭纜車的人這麼多，他也無法抱怨。這條路線的纜車很大，最多可以搭乘十二個人。

輪到廣太他們了。空纜車轉到他們面前。他先讓桃實上了纜車，然後自己也跟了進去，在纜車靠內側的座位和桃實面對面坐了下來。

後方那群人當然也一起走進纜車。那四個人都是女人，還沒有坐穩，就七嘴八舌地聊了起來。剛才在排隊的時候，這幾個女人的嘴就始終沒停過。廣太有點不悅，為什麼偏偏和這群人共乘，幸好才十幾分鐘，忍耐一下就過去了。

纜車門關上，纜車加快了速度。放眼望去，都是一片白雪的景象，身穿五彩繽紛滑雪裝的滑雪客在滑雪場上盡情地暢滑。

「哇，好久沒這麼感動了。」四個女人中的其中一人興奮地叫了起來，她剛好坐在廣太的左側，「學生時代之後，就沒再滑過雪，我想想，所以有七年沒滑過雪了。」

「惠利華，妳會滑雪嗎？我完全沒有自信。」坐在廣太斜左前方，穿著綠色滑雪衣的女人問。坐在廣太旁邊的女人原來叫惠利華。

「勉強還可以吧，其實我也不知道七年前算不算會滑，所以應該不會再差到哪裡去。」說完，她放聲大笑起來。

廣太在腦海中計算起來。學生時代之後，七年沒滑過雪？關鍵在於最後一次去滑雪是幾年級的時候。如果是一年級的時候，這幾個人今年就是二十五歲。不，應該不可能，聽她們說話的語氣和感覺，不像是一年級的時候最後一次去滑雪。如果最後一次是在即將畢業的二十二歲，今年就是二十九歲。嗯，這樣應該差不多。他計算出自認為合理的答案。

「我們四個人也好久沒有一起旅行了。」另一個女人用有點低沉的語氣說道，根據聲音傳來的方向判斷，應該是坐在廣太旁邊再旁邊的女人在說話。「對不起，還讓妳們都特地挪時間出來。」

「咦？妳為什麼要道歉？老實說，我覺得超開心的啊！」坐在廣太身旁那個叫惠利華的女人說。

「是啊，我們難得有機會聚在一起。千晴，妳也要玩得開心點。」身穿綠色滑雪衣的女人說。坐在廣太旁邊再旁邊的那個女人叫千晴。

「這裡沒想像中那麼冷，我還以為會更冷呢。」惠利華說。

「對啊，早知道裡面穿三件就夠了。」

聽到綠色滑雪衣的女人這麼說，廣太忍不住看向她。三件就夠了？所以現在穿了幾件？

就在這時，坐在綠色滑雪衣女人旁邊，剛才一直沒有吭氣的女人說話了，「我好像也穿太多了，這件滑雪衣比想像中更暖和。」她說完後，抓了抓紅色滑雪衣的袖子。

廣太聽到這個聲音，忍不住有點緊張。因為那個聲音很像他熟識的人。他忍不住偷瞄了那個女人。那個女人戴著雪鏡和圍脖，完全看不到她的臉。

「妳說過是為了這次來滑雪特地買的？」惠利華指著紅色滑雪衣的女人問。

「是啊，因為之前的滑雪衣已經穿了很多年，我正打算買新的。」

果然很像，連說話的語氣也一模一樣。不祥的預感在內心擴散。他看了那個女人的滑雪板，那似乎是租來的。

「妳買了一整套嗎？」那個叫千晴的女人問。

「買了滑雪衣褲和手套，但早知道應該買新的雪鏡，這個很容易起霧。」紅色滑雪衣女人說話時，拿下了雪鏡，不小心把圍脖也拉了下來，整個臉都露了出來。

廣太的心臟幾乎從喉嚨跳了出來。

穿紅色滑雪衣的不是別人，而是美雪。

美雪是廣太的同居人。

❄ 2 ❄

廣太在東京都內一家室內設計裝潢公司負責行銷和設計工作，工作剛好滿十年，雖然薪水並沒有很高，但每次看到客人面對脫胎換骨的房子，露出欣喜的表情時，就很慶幸自己選擇了這個工作。

三年前，美雪進入那家公司，但並不是正式錄用，而是派遣員工。她負責CAD，簡單地說，就是使用電腦繪圖，並用3D的方式呈現房子裝潢完成後的樣子。她的工作對廣太和其他設計師發揮了理想的輔佐功能，所以廣太在工作上，也經常有機會和她接觸。

美雪的一對鳳眼令人印象深刻，但個性並不像外表這麼好勝，反而很懂得尊重對方，顧全別人的面子，經常對廣太的工作感到欽佩。天底下沒有男人聽到年輕女生的誇獎會感到不高興，更何況美雪長得很漂亮，所以廣太很快就對她產生了好感。

他鼓起勇氣向美雪表白，發現美雪也很欣賞他，所以兩個人很順利地開始交往。他們的個性很合得來，三年來，幾乎沒有大吵過。交往不久之後，他們開始同居。雖然住的房子只有一房一廳，但他們都是有效利用空間的專家，所以並不覺得空間不夠用。

去年秋天，他們同居滿一年時，美雪終於開了口。

「你對將來有什麼打算？」

吃完晚餐，兩個人一起喝著發泡酒，廣太拿起遙控器，正打算打開電視時，美雪問了這個問題。

終於來了。廣太暗想。他內心一直害怕這一天的到來，有點後悔為什麼沒有早一點打開電視，但他也知道，遲早必須面對這個問題。

「什麼將來？」他放下遙控器問。

「我們的將來啊，」她說：「你看著我。」

「好。」廣太抬起頭，和美雪四目相接。雖然他很想移開視線，但還是忍住了。

「你有什麼打算？還是打算就這樣一直同居下去？」

廣太抓著自己的頭髮，「不行嗎？」

「那個怎麼辦？」

「哪個？」

美雪用大拇指和食指比出環狀。

「我覺得差不多不要再使用那個了。」

廣太知道她在說保險套。

「妳想要孩子？」

「嗯。」美雪看著廣太的眼睛，點了點頭。

「因為我已經二十九歲，明年就三十歲了，即使現在馬上開始做人，也不算早了。更何況即使現在不再避孕，也未必馬上就能懷孕。」

她的意見完全正確，廣太只有兩個選擇。第一個選擇，就是不想有孩子，所以只能提出分手。但他無法作出這樣的選擇，因為他並不想和美雪分手。

既然這樣，就只剩下一個選擇。

「我知道了。」他小聲回答。

「你知道什麼？」美雪問。這種時候，她的那對鳳眼看起來特別強勢。

「就是，」廣太小聲地說：「就是保險套的事啊。」

「你是說，你也同意不再使用嗎？」

「嗯。」

「太好了。」美雪的嘴唇露出笑容，「但這麼一來，就會衍生出一個問題。」

「什麼問題？」廣太明知故問。

「因為一旦有了孩子，當然就要向父母報告，到時候總不能說，其實我們早就同居了？」美雪的眼中閃過一道冷光。

廣太和美雪的老家都不在東京，所以並沒有告訴雙方的父母同居一事。幸好雙方的父母都無意特地跑來東京，確認三十歲左右的兒女獨自生活的狀況。

美雪辯才無礙，簡直就像下將棋時將對方的軍一樣，接二連三地堵住了廣太所有的退路。

「嗯，」他低吟一聲，「那倒是。」

「可不是嗎？我希望得知懷孕時，可以正大光明向父母報告，也希望他們為我們感到高興，至少我希望這樣。」

「當然，」廣太說，「我也一樣。」

「對嘛。」

所以你有什麼打算？別再負嵎頑抗了。美雪的眼神如此宣告。

「嗯。」廣太抱著雙臂，「所以，只要去見一下雙方的父母，告訴他們，我們是這種關係。」

「什麼關係？」

「就是這種關係啊，」廣太清了清嗓子，「即使有孩子也沒問題的關係，告訴他們，我們正在努力做人。」

美雪皺起眉頭，似乎感到心浮氣躁。

廣太不再抵抗。因為他已經無路可逃了。

「所以說，」廣太說，「只要結婚就解決了。只要這樣告訴雙方的父母，就沒有任何問題了。」他在說這句話時，內心充滿了挫敗。

美雪立刻鬆開了皺起的眉頭，露出興奮的表情。

「啊？什麼意思？你這是在向我求婚嗎？」

如果不是坐在椅子上，廣太一定膝蓋一軟，跌倒在地上。什麼求婚啊？根本是遭到誘供。當然，他死也不會把這句話說出口。

「嗯，是啊……」他垂頭喪氣地說。

「太好了，好高興喔。」美雪站起來，抱住了廣太。

廣太抱著她的身體時想，既然她這麼高興，那也算是好事一樁。其實，他更希望維持單身的輕鬆立場，持續目前的關係。一旦結婚，就必須背負起責任之類的東西，但考慮到美雪，就知道不可能一直這樣下去。他很清楚，也差不多該收心了。

事情決定之後，女人的行動十分神速。她立刻安排了下個週末的兩天時間，去見雙方的父母。廣太帶美雪回到位在福井的老家隔天，就拜訪了她位在名古屋的老家。幸好雙方的父母都祝福他們，即使向他們坦承已經同居，也沒有挨罵。相反地，當美雪說，因為接下來會積極做人，所以婚禮上可能會挺著大肚子時，雙方的父母也都露出欣慰的表情。廣太的母親甚至還激勵他們說：「真是好主意，現在這個年代，先有後婚很正常，只要預約好婚禮的場地，就沒有任何問題。別擔心，別擔心，你們好好加油。」

他們決定在五月舉行婚禮，廣太希望時間可以稍微延後，但美雪堅持不肯讓步。她六月生日，無論如何都希望在邁入三十大關之前穿上婚紗。

美雪樂不可支，廣太的心情卻越來越沉重。雖然已經下定了決心，但總覺得一旦結了婚，就會失去很多東西，陷入了所謂的「婚前憂鬱症」。

差不多在這個時候，老同學邀他參加聯誼。那個老同學知道廣太有女朋友，但並不知道他們已經決定結婚。因為廣太沒有告訴他，他當然不可能知道。

廣太參加了聯誼當作散心。那是五對五的聯誼，女生都是百貨公司化妝品專櫃的櫃姐。

廣太在那次聯誼時認識了桃實。桃實一雙杏眼和豐滿的嘴唇令人印象深刻，渾身散發出性感的味道。合身的針織衫襯托出她豐滿的胸部，她渾身上下都是廣太喜歡的類型。

聊天之後，發現桃實的興趣是單板滑雪和看電影，這也和廣太的興趣不謀而合。他們立刻情投意合，當場交換了聯絡方式，約定改天單獨見面。

聯誼的隔週，廣太就和桃實約會。他們一起吃飯、喝酒，聊得很投機，心情也很雀躍。廣太已經好久沒有這樣的感覺了。

快樂的時光總是過得特別快。廣太送一個人住的桃實回家，原本抱著一絲期待，以為桃實會邀他去家裡。雖然這份期待落了空，但成功地在桃實的公寓附近和她接了吻。

那一天回到家時，美雪坐在電腦前工作。

「你回來了，今天有點晚啊。」美雪說。

「工作耽誤了，所以結束之後，大家就一起去吃飯。」

「是喔。」

美雪是派遣員工，一年前去了其他公司。那天晚上，廣太事先聯絡了她，說會吃完飯再回家。

廣太在換衣服時，探頭看向美雪緊盯著的電腦螢幕，發現她正在看婚紗。開始倒數計時了。廣太深刻體會到這件事。

之後，廣太曾經多次和桃實約會。他告訴自己，只能趁現在好好玩一玩。他打算和美雪結婚之後，就和桃實分手，所以更珍惜眼前的時光。

不久之後，期待已久的滑雪季節終於到來，他也很自然地和桃實聊到這個話題。桃實說，想和他一起去滑雪。

「好啊，但要去哪裡？里澤溫泉怎麼樣？」

桃實聽了廣太的提議，在胸前拍著手說：「啊，我好想去！」

「那裡超讚，但如果當天來回，路程似乎有點遠。」廣太微微偏著頭說完這句話，露出若無其事的表情問：「不能住一晚嗎？」

他們還沒有發生肉體關係。廣太認為這是關鍵「性」的一刻。

桃實微微收起下巴，一雙杏眼眨了兩次。廣太看到她嚴肅的表情，已經放棄希望時，她張開豐滿的雙唇說：

「那就住一晚吧。」

因為她回答得太乾脆，廣太一時以為自己聽錯了，但她接下來的這句話，顯示並不是這麼一回事。

「機會難得，想要連續滑兩天。」

「對啊！」廣太忍不住大聲說道，「那我來安排住宿和其他的事。」

「嗯，拜託你了。」桃實嫣然一笑。

廣太的心一下子飛到了空中。

兩個人討論之後，決定了日期。因為週六、週日人很多，所以雙方都請了年假，星期五就出發。

和桃實兩天一夜的滑雪旅行，簡直就像在作夢。他覺得終於能夠跨過最後一道防線了。

但是，還有必須解決的問題。當然就是美雪。

有一天，廣太下班回家，一進家門，就對美雪說：

「真傷腦筋，我下個星期要去輕井澤。」

「輕井澤？為什麼？」

「裝潢別墅的案子，交屋時，我也要一起去。之後好像會舉行新居落成派對，客戶希望我務必參加，所以我只好答應了。」

「是嗎？真辛苦啊。嗯，好啊。剛好，那天我朋友要在家舉行派對，朋友說，我可以住在她家。」

「是嗎？機會難得，妳就好好玩一玩。」

「嗯，我知道。」

美雪完全沒有懷疑，廣太順利突破了第一道難關，但還有新的問題。

滑雪是廣太多年的興趣，也曾經和美雪一起去過好幾次。唯一的問題，就是滑雪用品體積都很大，最後決定把兩個人的滑雪用品都放在床下的空間。床底下至今仍然有齊全的滑雪用品。

如果把廣太的滑雪板、滑雪鞋和滑雪衣褲拿出來，會怎麼樣？萬一被美雪發現，就百口莫辯了。

廣太煩惱了很久，最後決定全部買新的。

他利用工作的空檔去了滑雪用品店，除了滑雪板、滑雪鞋和固定器以外，還買了滑雪衣褲、雪鏡和帽子。雖然總金額超過十萬圓，但錢的事不重要，問題在於要把買來的東西藏在哪裡。

最後，廣太決定找朋友幫忙。就是當初找他去聯誼的老同學，廣太向他說明情況後，對方二話不說地答應了。

「瞞著正牌女友去劈腿旅行嗎？真讓人羨慕啊。沒問題，你把東西都寄來我家，但到時候要告訴我劈腿旅行的始末。」真慶幸這位朋友心胸很寬大。

星期五清晨，廣太穿著西裝出了門。美雪躺在床上目送他出門。廣太雖然有點愧疚，但看到放在枕邊的婚禮情報雜誌，就覺得這是自己單身時代最後的豔遇。

他在朋友家換上了旅行的衣服，同時付了五千圓給朋友做為補償。

「唉，劈腿也很辛苦啊。既然新女友這麼好，不如乾脆和正牌女友分手啊。」

老同學揉著惺忪的睡眼說。

「問題就在於沒辦法這麼做啊，現在已經無路可退了。」

「無路可退？什麼意思？」

「……沒什麼啦。」

他無法告訴老同學，已經和正牌女友談婚論嫁了。老同學聽了，一定覺得很有趣，東問西問一大堆，但對廣太來說，是極其嚴重的問題。

準備就緒後，他扛著行李前往東京車站。來到八重洲站中央出口，看到桃實穿了一件可愛的連帽滑雪衣站在那裡。她一看到廣太，立刻笑著向他揮手。

廣太跑了過去，覺得置身天堂的時刻拉開了序幕。

❄ 3 ❄

墜入地獄的時刻拉開了序幕——

廣太腦海中浮現出各種疑問。美雪怎麼會在這裡？她今天不上班嗎？另外三個人又是誰？

「啊，真想趕快泡溫泉。」綠色滑雪衣的女人說。

「這麼快就想泡溫泉？都還沒有滑雪呢？」惠利華說。

「因為我就是來泡溫泉的，滑雪只是附贈品而已。」

「由美以前就這樣，所以大家都說妳很有大嬸味。」

「不用妳管，這是我的生活方式。」

綠色滑雪衣的女人似乎叫由美。

廣太突然想到，美雪經常提到一個叫由美的朋友。那個人是她大學社團的同學，雖然那個社團表面上夏天打網球，冬天參加冬季運動，但其實只是大家聚在一起吃吃喝喝。

廣太努力回想，美雪提到大學社團時，好像也經常提到惠利華和千晴這兩個名字，還說目前她們仍然會不時見面。

廣太想著這些事，偷偷瞄向那四個人的臉，忍不住嚇了一跳。因為美雪目不轉睛地看著他，他嚇得坐直了身體，美雪移開了視線。

「妳怎麼了？」那個叫千晴的女人拍了拍美雪的腿，「妳怎麼突然安靜下來？」

「不，沒事。」美雪搖了搖頭，戴上了圍脖，又戴上了雪鏡。她的聲音聽起來有點不悅。

廣太渾身僵硬。莫非美雪認出了自己？

他確認了自己的服裝。無論滑雪衣和滑雪褲都是新的，和去年穿的滑雪衣褲顏色完全不同。美雪應該也沒看過這頂黃色的帽子，雪鏡鍍了水銀，外面根本看不到眼睛，而且他現在還戴了圍脖。

無論怎麼想，美雪都不可能認出自己。廣太的身材很普通，搭上纜車後，完全沒有說話，所以美雪也不可能聽到自己的聲音。

不——

搭上纜車之前呢？當然不可能沒說話，比方說，曾經聊到擔擔麵的事，會不會那時候被她聽到了？但是，光聽到聲音，會發現是自己嗎？即使認為很像，也應該沒把握吧。

廣太回想著當時的對話內容，忍不住緊張起來。因為他想起桃實曾經叫自己的名字。桃實當時好像是說：「廣太，你對這個滑雪場很熟嘛。」

美雪該不會聽到了這句話？

美雪可能先聽到聲音，覺得和廣太很像，然後豎起耳朵，確認了名字之後，終於發現就是廣太。

想到這裡，就覺得美雪剛才故意拿下雪鏡的行為似乎也有特別的意義，也許她故意想讓廣太看到。

廣太的心跳加速，全身冒著冷汗。

「我問你喔，」桃實探出身體，「等一下要滑哪裡？」

桃實搞不清楚狀況，竟然還問這種問題，廣太感到很火大。雖然明知道桃實很無辜，但還是希望她現在閉嘴。現在根本無暇管這種事，可是如果不回答她，桃實可能會叫自己的名字。無論如何，都絕對要避免這種情況發生。

廣太也探出身體，把戴著手套的手放在嘴邊，小聲地說：「我們去搭山頂的吊椅纜車。」

「啊？哪裡？」桃實似乎沒聽到，把臉更湊了過來。

「山頂。」廣太在回答時，祈禱她可以聽到。

「嗯，我知道了。」桃實點了點頭。

廣太戰戰兢兢地看向美雪。不知道她有沒有聽到剛才的對話。是不是聽到聲音後，確信果然是廣太？

「千晴的男人運真是太差了。」美雪突然說道，「這是第幾次因為對方劈腿分手？」

劈腿。這兩個字讓廣太受到了好像電擊般的巨大衝擊，他差一點站起來。

「嗯，好像是第四個。」

「真多啊。」惠利華驚訝地說，「這已經不是男人運差的問題了，而是妳根本沒看男人的眼光吧？」

「嗯，可能是這樣吧。」

「才不是呢，千晴就喜歡這種男人。」由美說：「她就喜歡這種靠不住的輕浮男人，她以前就這樣，所以這也是無可奈何的事。不必太在意，趕快找下一個男人就好，再找下一個輕浮的男人。好，這個問題解決了，我們來好好享受這次的溫泉旅行。」

「妳只想著泡溫泉，然後千晴的下一個男人又劈腿，我們又約她一起安慰旅行嗎？好啦，這也不錯啦。」

廣太聽了惠利華的話，猜到了大致的情況。千晴的男朋友似乎劈腿，他們也因為這個原因分手，其他三個女人約她一起出門旅行，安慰失戀的她。

「我認為，」美雪開了口，「必須靠教育。」

「什麼意思？」千晴問。

「即使喜歡的男人很輕浮，也要教育他，讓他不敢看其他女人，我覺得妳韁繩拉得不夠緊。」

「韁繩喔，我很不擅長這種事。」

「不能說這種話，否則下一個男人還會劈腿。」

「妳向來很會操控男人。」惠利華對美雪說：「妳現在和男朋友同居吧？妳一定把他管得死死的。」

「妳說話很沒禮貌喔。才沒這種事，也沒這個必要。」

廣太想要吞口水，但口乾舌燥。

「妳是說，不必擔心他的意思？」由美問。

「嗯，雖然他看起來有點輕浮，但其實很老實，所以我相信他。」

咦？廣太眨了眨被雪鏡遮住的眼睛。因為美雪這句話聽起來像是真心話。也就是說，她並沒有發現同居人也在纜車上？

不，不能大意。搞不好她已經發現，只是故意用「相信」這兩個字，讓廣太承受良心的苛責。

「假設妳男朋友劈腿的話怎麼辦？妳會和他解除婚約嗎？」

廣太聽到惠利華的問題，心臟都縮了起來。

美雪想了一下後回答說：「應該不會。」

「不和他分手嗎？」千晴驚訝地問。

「嗯，」美雪點了點頭，「因為分手不就如了對方的願嗎？我和千晴不一樣，才不會讓對方有好日子過。」她冰冷的語氣讓廣太不寒而慄。

「啊？妳會怎麼做？妳會怎麼做？」由美難掩好奇地轉頭看著美雪。

「反正男人即使結了婚之後，這輩子也會外遇幾次，既然這樣，婚前劈腿一次，我可以忍耐，但問題在於之後。」

「嗯，嗯。」其他三個人都湊到美雪的面前，廣太也很想知道她接下來說的話。

「哇，好厲害喔。你看你看，他們在那種高難度的地方滑雪。」桃實指著窗外說。

別在這種緊要關頭找我說話。廣太很想這麼說，但不能不理會她，所以把頭轉向她手指的方向說：「喔，真的欸。」

「啊？你在看哪裡？不是這裡，是那裡。」

廣太很想哭，覺得哪裡都無所謂，但還是東張西望了一下。

「這種時候，就要拿出韁繩，」美雪說了起來，「必須明白告訴他，這次的劈腿我可以忍耐，但忍耐並不代表原諒。以後只要我不高興，可能會一次又一次提起這件事。這麼一來，結婚之後的主動權就掌握在我的手上，絕對不會讓對方為所欲為。」

「原來是這樣，」惠利華語帶佩服地說，「好可怕的女人。」

「因為他背叛了我，當然不能輕饒他。」

「所以，就打造出一個怕老婆的男人。」

美雪聽到由美這麼說，搖了搖頭。

「怕老婆的男人？太小兒科了，是奴隸，一輩子都是我的奴隸。」

啊哈哈哈。惠利華放聲大笑，由美很受不了地舉起雙手，千晴連聲說著：「太厲害，太厲害了。」

廣太全身發冷。一輩子的奴隸。

他覺得美雪果然發現了自己，所以故意談論這個話題。你搞清楚了沒有？從明天開始，你就是我的奴隸。

「話說回來，也要看是哪一個階段。」美雪說。

「什麼階段？」千晴問。

「和劈腿對象之間的關係處於哪個階段，如果還沒有上床，就姑且不把他當奴隸。」

是這樣嗎？廣太覺得好像看到了一線光明。

「不過，」美雪繼續說了下去，「只限於在我問他之前，他主動招供的情況，否則就不行。他不可能不露出狐狸尾巴，我一定會發現，但我會給他寬限的期限，在這段期限內，只要他坦白，就可以從寬處理，否則就死路一條。我認為這樣已經很有人性了。」

啊？這是什麼意思？——廣太思考起來。

如果美雪發現廣太也在纜車上，故意說這番話，就代表寬限期限已經開始了嗎？到什麼時候為止呢？

下了纜車之後，很可能要到明天晚上才會見到美雪。那時候，廣太應該已經和桃實上過床了。即使最後沒有上床，美雪應該也不會相信。

也就是說，寬限期限只到走下纜車為止。美雪是在暗中逼迫他現在、馬上在這裡坦白。

不，但是——

也許還有其他可能。

搞不好一切都是自己想太多，美雪根本沒有發現，只是剛好聊到這個話題而已。

一定是這樣。絕對是這樣。廣太希望是這樣。

「妳男朋友會怎麼做？如果察覺到妳已經發現，會乖乖向妳道歉嗎？還是會死不認錯？」

美雪偏著頭沉默不語，似乎在思考，突然指著纜車前進的方向。

「妳們看，這個滑雪場也一樣，纜車的鐵塔上不是都有寫著分數的板子嗎？這裡就是三十三分之幾，代表總共有三十三個鐵塔，目前正在第幾個鐵塔的位置。」

她說完之後，纜車內陷入奇妙的沉默。

「啊？什麼意思？怎麼樣呢？和剛才的話題有什麼關係？」由美問了最合理的問題。

「反過來想，不是代表在倒數計時嗎？在告訴乘客，終點快到了，趕快做好準備。」

「這我知道啊，我問的是，和剛才的話題有什麼關係。」由美不耐煩地說。雖然其他三個人不瞭解美雪的意圖，但廣太完全瞭解了。已經沒有懷疑的餘地了。她在催促廣太，如果不趕快坦白，纜車就要到站了，到站之後，你就死定了。

廣太下定了決心，要馬上表明身分，乞求她的原諒。雖然會被其他三個女人看不起，桃實也會輕視自己，但這也是無可奈何的事。因為她們都是外人，但自己必須和美雪相處一輩子。

「你看你看。」桃實不知道又想說什麼，但廣太不理她，把手伸向雪鏡。

❄ 4 ❄

「他今年三十三歲。」美雪繼續說著。

廣太停下正準備拿下雪鏡的手。

「和這裡的鐵塔數目相同，我今年二十九歲，我們在他二十九歲時認識。當時的他，比現在的我更穩重可靠，工作上也更能幹。他很成熟，也很專業。他的三十三分之二十九在很高的位置，和他比較之後，就覺得現在的我太遜了。想像我三十三歲時，是否能夠像他現在那麼出色，就有點沒自信。」

「他這麼出色嗎？」千晴羨慕地問。

「嗯。」美雪點了點頭。雖然看不到她的嘴，但廣太覺得她在微笑。

「所以，雖然剛才說了很多萬一他劈腿的情況，但其實根本不會去想萬一事情敗露時，他會不會招供這種事。因為我覺得他不可能劈腿，他根本不是這種人。」

「喔，」由美抱著雙臂，「妳鋪陳了這麼一大段內容，就是為了在我們面前曬恩愛嗎？」

「就是嘛。」惠利華表示同意後，豪爽地哈哈大笑起來。

「哈哈哈，」美雪也笑了起來，「對不起，好像是這樣。」

「真受不了妳。」由美的聲音中帶著苦笑。

「妳有告訴他這次旅行的事嗎？」千晴問美雪。

「這個喔，其實我沒說。」

「為什麼？」

「因為我們約定，在辦完婚禮之前，盡可能不要亂花錢，所以買這件滑雪衣的事，我也瞞著他。」她抓著紅色滑雪衣的袖子說。

「原來是這樣啊。」

「他今天去出差了，這麼冷的天氣去輕井澤。他一大早就出門了，我懶得起床，覺得很對不起他。剛才我看到自己的打扮，忍不住想，我到底在幹嘛。即將成為我老公的人在外面打拚，我卻穿著新買的滑雪衣得意忘形，所以忍不住有點沮喪。」

「喔！」千晴叫了一聲，好像突然想到了什麼。「就是我剛才問妳為什麼突然安靜下來的時候嗎？」

「是啊，因為我看到自己穿這身衣服的樣子。」

「啊？怎麼看到的？」

「雪鏡。」美雪小聲地說完後，又繼續說：「反射的。」

原來是那個時候。廣太恍然大悟，剛才以為美雪目不轉睛地盯著自己的臉，但其實不是這麼一回事，她只是在看自己反射在雪鏡上的身影。

廣太感到全身放鬆，整個人鬆了一大口氣。美雪根本什麼都沒發現，一切都是自己杞人憂天。

同時，廣太感到極度愧疚，對自己竟然背叛了如此信賴自己的女友感到愧疚不已。

下不為例。廣太下定了決心。事到如今，只能繼續這趟旅行，今晚就當桃實的男朋友，應該也會上床，但只有今晚而已。回東京之後，就要找機會向桃實提出分手。也許無法輕易分手，但無論如何，都必須這麼做。

「欸，」桃實戳了戳廣太的大腿，「你在發什麼呆啊？」

廣太默默搖了搖頭。事到如今，千萬不能輕易開口說話。即使桃實覺得奇怪，在下纜車之前，都必須維持目前的狀況。

「我想擦一下雪鏡的鏡片，你有什麼可以擦的東西嗎？我忘了帶面紙。」

廣太默默從褲子口袋裡摸了一下。他帶了擦雪鏡的布，拿出來之後遞給了桃實。

「連這個都帶了，不愧是高手！」桃實輕鬆地說道，接過了布，沒有拿下雪鏡，就直接擦拭雪鏡的表面。

「啊，對了。」美雪又有了新的動作，她從滑雪衣口袋裡拿出了智慧型手機。廣太產生了不祥的預感。

「怎麼了？」千晴問，「打電話回公司？」

「不是，我忘了問他明天大約幾點回家，我必須在他回家之前趕回家，因為要先把行李藏起來。」她開始操作手機。

廣太嚇得渾身發冷。他的手機就放在滑雪衣口袋裡，而且也開了機，沒有設定靜音，來電鈴聲還設定為《星際大戰》的主題曲。如果在纜車上響起，美雪一定會發現。

他用戴著手套的手在口袋外側用力按著手機，希望可以蓋住聲音。

沒想到——

「啊，打不通，他的手機好像收不到訊號。」美雪嘆了一口氣，把手機放回了口袋。「他換了新手機之後，訊號反而變差了，他整天在抱怨這件事。」

廣太暗自鬆了一口氣。他之前的確因為手機收訊不良抱怨過，但今天太感謝手機的功能不理想了。

「啊，差不多快到了。」由美看著纜車前方，戴起了手套，「我們滑下去之後，先去吃擔擔麵。」

惠利華噗哧一聲笑了起來。

「對妳來說，滑雪根本不重要。」

「對啊，不行嗎？而且，旅遊書上寫著，去里澤溫泉，必吃擔擔麵，聽說加了野澤菜的擔擔麵很好吃。」

桃實用腳尖輕輕踢了踢廣太的鞋子，似乎想要說，原來她們也要去吃擔擔麵。廣太輕輕點了點頭，但知道自己不能帶桃實去那家店了。萬一撞見就慘了。在午餐時間之前，必須找藉口讓桃實放棄擔擔麵。

纜車抵達了終點，漸漸放慢速度，靠近纜車站。

桃實搖了搖頭。

「不行，還是要從裡面擦才行。下了纜車之後，你等我一下，而且我要去上廁所。」

廣太點了點頭，代替了回答。不管去廁所還是哪裡都好，他只想趕快遠離美雪和她的朋友。

纜車門打開了，美雪第一個下了纜車，千晴、由美和惠利華也跟著走了出去。廣太跟在她們身後，她們仍然在原地，把滑雪板的護套放回指定的地方。

美雪看向廣太的身後，下一剎那，「啊！」地叫了一聲，她接下來說的話，讓廣太難以置信。

「桃實！」她叫了起來。

廣太轉頭看向身後，桃實拿下了雪鏡，一臉狐疑地看著美雪。

「是我，是我啊。」美雪拿下了自己的雪鏡和圍脖，「我是美雪，我們不是讀同一所高中嗎？」

原本滿臉困惑的桃實突然露出喜悅的表情，嘴裡發出「啊啊啊」的聲音，跺著雙腳，兩個人握著對方的手。

「美雪，哇，我完全沒發現。妳還好嗎？妳住在哪裡？」

「東京惠比壽，妳呢？」

「我也在東京，住在飯田橋。啊，太難以置信了，妳怎麼會在這裡？」

兩個人蹦跳著，相互說著：「好久沒見面了」、「好懷念啊」。

廣太看著眼前的狀況，腦袋一片空白，大腦拒絕理解到底發生了什麼事。

美雪和桃實拿出手機，似乎在互留電話。「下次再約時間好好聊。」其中一人說。廣太已經無法分辨是誰在說話。

他感到天旋地轉，好像隨時會昏過去。他竟然在這種狀況下看向窗外。

雪下得很美。放眼望去，是一片白雪皚皚。他的腦袋裡也一片雪白。

他想把自己埋進雪地，讓自己消失。

美雪和桃實還在聊天。桃實說，想看看她未婚夫的照片。

「好啊。」美雪操作著手機。

趕快下跪。他聽到一個聲音在腦海中響起。

當他意識到那是自己的聲音時，美雪把手機螢幕遞到桃實面前。

吊椅纜車

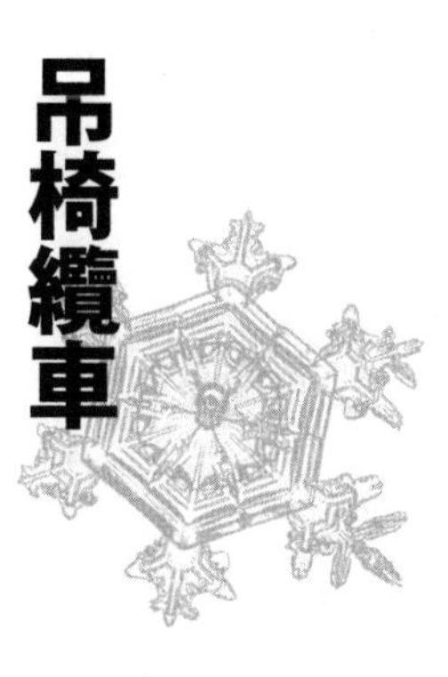

❄ 四人吊椅纜車　之一 ❄

穿著雪鞋的腳踩在雪地上的瞬間，身體內側就湧起了力量。廣大的滑雪場在蔚藍的天空下閃著白色光芒，已經有許多滑雪客在雪地上盡情滑行奔馳，就連吸進肺裡的冰冷空氣也爽快無比。

「喔喔，太棒了。」日田榮介大聲說著，把手上的滑雪板向前一丟。為了今天新買的滑雪板底部落地後，靈巧地滑向前方。

「今天的雪好棒。」比日田小一歲的月村春紀在雪地上踏步，似乎享受著雪地發出嘰嘰嘰的聲音。

「看起來昨天應該下了不少雪，我們經常去的地方，粉雪應該超讚吧。」高大的水城直也巡視著滑雪場說道。

「我也這麼覺得，所以我們先搭四人吊椅纜車，然後再搭上面的雙人吊椅纜車，一口氣到山頂？」月村提議。

「贊成。」所有的男生意見都一致。

「這樣沒問題吧？」日田轉頭看向身後，木元秋菜很快跟了上來。

「嗯，沒問題啊，麻穗應該還沒這麼快到。」

「好！」日田開始穿上固定器。新買的滑雪板亮晶晶，映照出自己戴著雪鏡的臉。

四個人都有豐富的滑雪經驗，很擅長單腳滑行。光用一隻腳滑行，就不斷超越了那些看起來像是初學者的滑雪客，前往中央滑雪場的四人吊椅纜車站。

雖然是假日，但幸好並沒有太多人，排隊等了一會兒，就輪到了他們。他們四個人並排坐在吊椅纜車上，從左到右分別是日田、月村、水城和秋菜，其中只有秋菜在滑雪時採用右腳在前的站姿。

「天氣真不錯啊。」日田抬頭看著藍天。

「對啊，真是絕佳狀態，可見我平時做不少好事還是很有用。」

「怎麼可能？」聽到水城這麼說，其他三個人異口同聲地吐槽。

「如果你平時的行為會影響到今天的天氣，今天絕對會下大雨。」日田最先說道。

「下大雨也就罷了，搞不好有超讚的粉雪，卻因為風太大的關係，滑雪場停止營業，簡直就是看得到卻吃不到。」

秋菜聽到月村這句話，忍不住笑了起來，「哇，也未免太衰了。」

「你們少在那裡胡說八道，難道你們忘了里澤溫泉的事嗎？我為了來滑雪，所以加班到深夜，結果雪神感動不已，當天不是為我們提供了一級棒的粉雪天堂嗎？」水城反駁道。

「等一下，那是我的功勞吧，」日田說，「日期是我決定的。」

「雖然日期是由你決定的，但地點是我選的。」月村說，「那天的天氣很微妙，不同的滑雪場，雪況也大有差別。如果那天去了你提議的滑雪場，應該完全無法期待新雪，你們可別忘了，是我提議說，里澤溫泉是不二之選。」

「不，那天無論去哪個滑雪場，都可以享受到絕佳的雪況。」日田說。

「沒錯沒錯，因為我平時積了不少陰德。」水城說。

「就跟你說了，根本不可能。」其他人都不同意，水城聽到大家的反駁，也沒有生氣。他自認是「永遠的搗蛋鬼」，所以反而樂在其中。

真開心啊。日田深深體會著。和情投意合的朋友一起來享受自己最愛的滑雪，簡直就是最幸福的時光。

日田在東京都內的一家觀光飯店工作。月村、水城和秋菜，以及晚一點才會趕到的土屋麻穗都是他的同事。觀光飯店分為住宿部、餐飲部和宴會部等不同部門，他們並不是在同一個職場工作。日田目前在餐飲部的日本料理餐廳負責接待工作。

「那個睡過頭的笨蛋幾點才會到？」水城問。

「她剛才傳訊息說，搭上了比我們晚三十分鐘的那班新幹線。」秋菜回答。

「所以，也會比我們晚到三十分鐘，這傢伙換衣服應該也會耗掉不少時間。」

「是啊，因為她笨手笨腳。」月村用嚴肅的口吻表示同意。

「我看她不應該叫土屋麻穗，應該叫土屋麻糊。」日田也加入了這個話題，「不知道她能不能買到纜車券，上次還因為價格便宜，買錯了纜車券。」

「啊，沒錯沒錯，」水城拍著安全桿說，「她竟然買了上午券。上午十點半才到滑雪場，竟然買上午券，難道只滑一個多小時就回家嗎？」

啊哈哈哈哈。所有人都放聲大笑起來。

「麻穗之前說，她很容易只看眼前的得失，她當初申請在櫃檯工作，也以為櫃檯的工作比較輕鬆。」

「我也聽她這麼說過。」和麻穗一起在住宿部門工作的月村說，「結果主管就派她擔任管家，和她原本想像的完全不一樣，每天都超累，她說失望透了。」

「沒錯，沒錯。」秋菜點著頭。

「而且她這個人神經很大條。之前聽住宿部的一個朋友說，她看到辦理入住手續的年長客人帶了一個年輕女人，就對客人說，帶女兒一起來旅行很棒，後來發現客人是老少配，整個櫃檯的氣氛都很尷尬。」

聽了水城說的事，日田說：「這個笨蛋已經無藥可救了。」

「不過，這也是麻穗的魅力啊。」秋菜為她辯護。

「魅力？」水城大聲嚷嚷著，「既然外表不吸引人，至少希望腦袋有料啊，否則客人以為這家飯店的員工全都腦袋空空怎麼辦？」

「她外表不吸引人嗎？我倒覺得她的長相很可愛。」秋菜說。

「不，」日田微微偏著頭，「我覺得有點微妙。」

「啊哈哈哈，」月村笑了起來，「微妙。這個形容太棒了。」

「你們都好過分，這些話不能被麻穗知道。」

「不，搞不好應該讓她知道。木元，妳應該好好教她化妝的方法，妳超會化妝的。」

「啊？為什麼這麼說？水城，你看過我沒化妝的樣子嗎？」

「雖然沒有，但可以想像，我每次都很佩服妳，妳很懂得掩飾自己的缺點。」

「你說話真沒禮貌，我不是掩飾缺點，而是充分發揮自己的優點。」

「喔喔，說話真是一門藝術啊。」月村發出感嘆的聲音。

「在這一點上，土屋完全相反，她強調的不是自己的優點，而是缺點，原本就傻傻的臉，化妝之後，看起來更呆了。」水城繼續批評道。

「麻穗之前說，經理罵她，她看起來很笨，所以聽別人說話時，嘴巴不要張開。」

三個男生聽了秋菜的話，都樂得上下搖晃著腳上的滑雪板。

「她現在一定狂打噴嚏。」月村說。

❄ 雙人吊椅纜車 之一 ❄

幾個人說著土屋麻穗的壞話，四人吊椅纜車很快就抵達了終點，但他們要去更高的山上，所以就一路滑去轉乘的吊椅纜車站。那是雙人纜車，在纜車站工作的大叔向他們打招呼說：「早安。」

秋菜和月村先坐上了纜車，日田和水城坐在一起。

「喔喔，今天的雪況真的超讚，看起來那裡真的很值得期待。」水城看著樹枝上積了很多粉雪的樹木說。

「問題是不知道有沒有遭到本地客的破壞，他們一大早就會上山滑雪。」

本地客是指本地的單板和雙板滑雪客。

「或多或少會遭到破壞，這也無可奈何，如果還殘留一點粉雪，就太幸運了。」

「是啊。」

日田看著前方的纜車。前面兩個人不知道在聊什麼，坐在月村身旁的秋菜晃著雙腳。

「對了，剛才說到木元沒化妝的樣子時我想到，你和木元交往的事，還瞞著大家嗎？」

水城聳了聳肩。

「也不是刻意瞞著大家，只是沒有主動公開。她很擔心一旦被上司知道，就會有一個人被調去其他職場，其實我根本無所謂。」

水城和秋菜都在宴會部，都負責婚宴工作。

「木元知道我已經得知你們交往的事嗎？」

「應該不知道，至少沒向我提過這件事。」

「是嗎？那我就繼續假裝不知道。」

兩個月前，水城告訴日田，在和一群同事一起聚餐回家的路上，他追求秋菜，結果一起去了摩鐵。之後發展為正式交往，但他們交往這件事並沒有傳到餐飲部，所以日田覺得有點奇怪。

「那你有什麼打算？」日田問。

「什麼打算？」

「以後的事啊，你們沒談到結婚的事嗎？」

「目前還沒有，我死也不會主動提這件事。」

日田並不感到意外。因為水城是出了名的花花公子，經常參加各種聯誼拈花惹草。

「但木元應該想結婚吧？」

「嗯，」水城低吟著，「很有可能，但我認為她還在仔細考慮的階段。因為在婚宴區看過各式各樣的新婚夫妻，可能覺得不能操之過急。」

「水城，你該不會故意做壞事讓木元知道，然後希望她主動放棄？」日田問。

「啊哈哈哈，」聽到日田這番話，水城爽朗地笑了起來。「稍微有這種想法。」

「你果然是個壞胚子。」

「我只是稍微有這種想法而已，我和她才兩個月，還沒有膩。」

「膩了就打算分手嗎？好過分。」

「男人和女人不都這樣嗎？」水城絲毫不以為意。

下了纜車後，秋菜走了過來。

「麻穗和我聯絡了，她剛才到了，正在買纜車券。」

「沒想到她笨笨的，竟然這麼快就到了。」水城說：「她應該買了一日券吧？」

「我也確認過了，她說原本打算買下午券，但猶豫了一下，最後買了一日券。」

「有什麼好猶豫的？現在才十點多而已。」日田很受不了地說，「她真是不會記取教訓。」

「我和麻穗約好，在中央滑雪場的四人吊椅纜車車站見面。」

就是他們剛才搭乘的吊椅纜車。

「好，那就充分享受粉雪之後，再去見笨蛋。」

聽到水城這麼說，其他人都「喔！」地應了一聲。

❄ 四人吊椅纜車 之二 ❄

果然不出所料，他們來到目的地的斜坡時，發現斜坡上已經留下不少滑行的軌跡，但幸好還可以繼續享受粉雪。日田他們心滿意足，之後又沿著壓過雪的雪道一路滑了下去。

最前方的水城在中央滑雪場中途停了下來，日田滑過來後，也停在他身旁。

「是不是那個人？」水城指著下方說。

纜車站旁有一個身穿黃色滑雪衣的女滑雪客。

「對，沒錯，就是她。」

月村和秋菜也來了，於是也告訴了他們。秋菜揮了揮手，但土屋麻穗完全沒有察覺，看著完全不同的方向。

「她果然很笨，我們根本不可能從那個方向出現啊。」水城笑著滑了起來，日田他們也跟在他身後滑了過去。

當揮著手靠近時，麻穗才終於發現，拍著手跳了起來。

「太好了，我還在擔心，萬一找不到你們怎麼辦。」

「怎麼可能找不到？更何況有手機啊。」日田說。

「問題是怎麼會有人睡過頭啊？」水城解開一隻腳的固定器時責備道。

「不是啦，我明明設定了鬧鐘，但竟然沒有響。不知道什麼時候按掉了……」

「一定是妳自己按掉的。」月村說完，笑了起來。「別找藉口了，趕快穿固定器，不要讓前輩等太久。」

「喔，對喔，對不起。咦？我的滑雪板去了哪裡……？啊，在那裡。」麻穗跑去纜車券售票處，其他人看了，都快昏倒了。

「為什麼不帶過來？」水城嘆著氣說。

「呃，這次我也沒辦法幫她說話了。」秋菜也笑著搖頭。

麻穗回來後，大家等她一隻腳固定在滑雪板上後，五個人一起去搭纜車。因為是四人坐的吊椅纜車，所以分成兩組。日田和秋菜、麻穗坐同一輛纜車上。

「土屋，妳剛才有沒有打噴嚏？」坐上纜車後不久，日田問麻穗。

「打噴嚏？為什麼？最近有流行性感冒嗎？」

日田和秋菜都笑了起來，麻穗一臉錯愕。

「不是，是因為剛才大家都在討論妳的很多事。」

「啊？是這樣啊，好害羞喔。」

「我覺得那不是討論，而是在說壞話，大家都很毒舌。」

「我可沒有毒舌。」

「日田，你不也跟著大家說了不少嗎？」

「是水城很過分啦，說什麼外表不吸引人，至少腦袋要有料，否則很傷腦筋什麼的。」

「是嗎？水城先生好過分喔。」

「那倒未必。」坐在中間的秋菜用嚴肅的語氣說完，微微偏著頭。

「未必什麼？」日田問。

「水城遇到自己喜歡的女生，都會先損對方，而且是當著大家的面，但單獨相處時，就會先為這件事道歉，然後大肆稱讚。我相信有不少女生會被他這種反差吸引。」

妳就是被他的這種手法吸引了嗎？日田很想這麼問，最後還是閉了嘴，但也覺得很有可能。因為之前水城喝酒時經常嘲笑秋菜的平胸。

「所以說，水城目前鎖定了土屋？」

「你不這麼認為嗎？」秋菜問日田。

「啊！」麻穗驚訝地叫了一聲，「不可能，因為水城先生之前對我說，我和他欣賞的類型完全相反。」

「這也是他的策略。否則就是之前這麼覺得，但最近開始欣賞妳。」秋菜斷言，「因為妳最近變漂亮了。」

「是嗎？即使妳只是客套，我也很高興。」麻穗雙手摸著臉頰。

「而且妳的胸部很壯觀，水城基本上喜歡巨乳，所以不可能和他喜歡的類型完全相反——日田，你剛才不是和水城一起搭纜車嗎？他有沒有和你聊到麻穗？」秋菜問日田。秋菜戴著雪鏡，所以看不到她的眼睛，但日田猜想她正目露兇光。

「沒有啊，他沒說什麼。」

他只說和妳玩膩了，就要分手。日田在心裡說。

四人吊椅纜車　之三

滑了幾次之後，一行人在餐廳吃午餐，對目前的職場抱怨了一番之後，再度來到滑雪場。他們要先去搭四人坐的吊椅纜車。

水城和麻穗一路聊著天走在前面，和其他人之間拉開了距離。水城和麻穗兩個人搭上了纜車，日田、月村和秋菜三個人搭上下一輛纜車。

「今天的雪況很棒，我們太幸運了。」月村抬頭望著藍天說。

「真的超幸運，聽說上個星期之前完全沒有下雪。」

「今年所有的滑雪場下雪情況好像都不太穩定，我朋友去了北海道，結果只能在結冰的雪道上滑雪。」

「在北海道只能滑結冰的雪道？也太可憐了。」

日田哈哈大笑著，瞥了一眼坐在月村另一側的秋菜。

她不發一語地看著前方，因為戴著雪鏡，無法瞭解她在看什麼，但日田猜想她應該注視著坐在前面那輛纜車上的兩個人。

秋菜猜疑水城想要追麻穗，所以可能正在想像兩個人單獨坐在纜車上時，到底在聊什麼，搞不好在腦海中想像著水城追求麻穗的樣子。

日田覺得秋菜的猜測應該並非空穴來風，水城參加聯誼時，的確經常批評特定的女生，而且之後百分之百會和那個女生在一起。

水城目前的目標是麻穗嗎？日田帶著這種想法觀察水城的行動，發現很有這種可能，他們兩個人單獨搭纜車，似乎也是刻意的安排。

下了纜車，水城和麻穗在等他們。

「土屋說，想要倒滑。」水城不懷好意地笑著說。

所謂倒滑，就是讓滑雪板的尾部向前，用和平時相反的方式滑行。日田平時都是左腳在前，所以倒滑時，就是右腳在前滑行。

「我沒說想要倒滑，只是說，如果可以學會，一定很帥氣。」

「那不是一樣嗎？所以，等一下所有人都倒滑，大家覺得怎麼樣？」

「啊？」日田面露難色，隨即說：「那好吧。」其實他很擅長倒滑。

「我沒問題啊。」月村舉起手。

「我也沒問題。」秋菜看著水城，「你們剛才在纜車上，都在聊這件事嗎？」

「是啊，我對土屋說，最好想辦法挽回自己的名譽，結果她就說，想要倒滑。」

「我沒這麼說，我只是在說我的夢想，說如果學會倒滑，一定很帥氣。」

「不要讓夢想只是夢想而已啊，只要學會倒滑，就可以挽回名譽。那就這麼決定了，等一下都倒滑，然後去四人吊椅纜車站集合，土屋在最前面，走，出發出發！」

「啊，我最後一個滑，因為我沒自信。」

「是妳提出來的，到底在說什麼啊。出發了，趕快。」

「啊？」聽到水城的催促，麻穗露出為難的表情，扣好了固定器。「如果我跌倒了，大家可以超越我，不必介意。」麻穗說完，滑了起來。如她剛才所說，她的確沒有自信，身體向後仰，速度也很慢。

「真是看不下去了。」水城肆無忌憚地笑著，扣好了固定器。

日田看著秋菜，她默默地扣好固定器，低著頭的她似乎欲言又止。

❄ 四人吊椅纜車　之四 ❄

日田在倒滑比賽中最先抵達終點。「日田，你果然很會倒滑。」水城稱讚他，但他知道水城看到麻穗跌倒時，中途停了下來，也知道秋菜一臉掃興地滑過他們身旁。

三個男人一起搭乘四人吊椅纜車，在閒聊了一陣子後，水城很唐突地說：「差不多該換人了。」

「換什麼人？」日田問。

「換女生啊，難道你們不會覺得有點膩了嗎？」

「喔喔。」月村低聲說道，「我不便說什麼，姑且不論土屋，木元小姐是前輩。」

「成員要隨時更新，成員太固定不太妙，因為所有人都會一起變老，久而久之，就變成大叔和大嬸在一起玩了。大叔都是相同的成員還無妨，但女生還是越年輕越好，難道你們不這麼認為嗎？」

「雖然也這麼想，但不能讓她們知道。」日田說。

「沒必要告訴她們啊，只要不邀她們就解決問題了。下次滑雪，要不要找其他女生？找我們公司以外的人，我來試試。」

「聽起來很不錯啊。」月村似乎很有興致。

「對吧？我覺得以後不需要再找她們一起出遊了。」

日田忍不住仔細思考了水城這句話的意思。為什麼水城不想再邀秋菜和麻穗一起玩？

秋菜是水城的女朋友，照理說，應該很想邀她一起出遊。

但是，如果秋菜的想像屬實呢？如果水城想要追求麻穗呢？一旦同時邀秋菜和麻穗出遊，就對水城很不利，想要追求麻穗，也會受到秋菜的監視。所以，他是不是認為與其這樣，還不如兩個人都不邀請，另找機會單獨約麻穗出遊？

「日田，你覺得怎麼樣？」水城問道。

「只要你沒問題就好啊。」

那秋菜怎麼辦？——日田的話中包含了這層意思。

抬頭望著天空，天空似乎也察覺到這幾個男人內心的不良企圖，雲層漸漸聚集。

❄ 雙人吊椅纜車　之二 ❄

下了四人吊椅纜車後，還要搭乘雙人吊椅纜車前往山頂。在滑向纜車站的途中，水城和秋菜就滑在最前面，日田和麻穗跟在他們身後。月村則是在最後面，他比日田他們晚一年進公司，似乎認為這種時候乖乖跟在後面就好。

「剛才倒滑很辛苦吧？」日田問麻穗。

「對啊，我根本不會倒滑，我只是向水城先生提了一下，沒想到他竟然提出那麼誇張的建議……」

「那也沒辦法，因為聽木元說，水城好像喜歡妳。」

「剛才也聊到這件事，但我認為絕對不可能。」

「是嗎？我認為木元的直覺很敏銳。」

「水城先生的確對我也很親切，但我認為應該不是你們想的那樣。」

「是嗎？但是，你們單獨相處的時候，他對妳說了不少話吧？比方說，邀妳單獨去吃飯之類的。」

「雖然他偶爾也會說這種話，但我覺得他並不是認真的，只是對每個人都很親切而已。」

水城果然想要追求麻穗。照目前的情況發展下去，只是時間的問題，水城的魔爪也會伸向她。

日田覺得必須提醒麻穗一下。

「我跟妳說，坐在前面那兩個人……」

「你是說，水城先生和秋菜小姐嗎？」

「對，妳知道他們在交往嗎？」

「啊？」麻穗戴著手套的手捂住了嘴。「是這樣嗎？」

「妳果然不知道。」

「我完全不知道。啊，但很有可能。喔，原來是這樣啊，好棒喔，他們很配啊。」麻穗輕輕拍著手，日田見狀，暗自鬆了一口氣。至少在現階段，麻穗對水城並沒有特殊的感情。

「所以，木元說，水城可能喜歡妳，是因為嫉妒想要試探妳。因為水城很花心。」

「哈哈哈，」麻穗笑了起來，「水城先生真有趣。」

「這不是好笑的事，所以妳也要小心一點，如果不小心答應了水城的邀約，妳和木元之間的關係也會出問題，所以我才提醒妳。」

「別擔心，水城先生並沒有認真邀約我。」

「誰知道呢，因為他動作很快。」

「呵呵呵。」麻穗意味深長地笑了笑，看著日田。

「什麼？怎麼了？」

「沒事，我只是覺得你很辛苦。」

「辛苦什麼？」

「因為你有像水城先生那樣的朋友，需要經常幫他擦屁股，或是為他掩護、支持他吧？還要為我這種人擔心。」

日田用力搖著手。

「我平時才不會這麼做。不管水城和誰交往，不管他去追求誰，都和我沒有關係，但我很擔心妳。因為妳是很重要的後輩，我也把妳視為很重要的朋友。」

「哇，真開心，謝謝你。」

「所以，妳要小心水城。」

「好，不必擔心。」麻穗開朗地回答。

妳真的搞清楚狀況了嗎？日田很想這麼對她說。

下了纜車之後，水城提議，要去內行人才知道的秘境雪道。

「我之前不是和日田發現了一個好地方嗎？在貓跳斜坡的中途有一條小岔路，然後要單腳向上稍微滑一段，過了那一段，就完全沒有樹，是一整片斜坡。」

「喔喔，」日田點了點頭，「原來是那裡，我知道了。不錯啊？那就去那裡吧。」

「要去貓跳斜坡嗎？我有辦法嗎？」麻穗不安地問。

「沒問題的，並不會在貓跳斜坡上滑太久，以妳的技術，只要在邊上滑就完全沒問題。」日田說，「但要小心跟著前面的人，岔道的入口不太好找。」

「好，我會努力跟著大家。」

負責帶路的水城最先滑了起來，日田殿後。因為其他三個人不知道地點，所以他們一前一後，避免有人走失。

來到那個貓跳斜坡前，周圍瀰漫著淡淡的霧。

「起霧了。」月村說。

「山上的天氣就是這樣，大家要跟緊了。」水城說完，滑了起來。秋菜、麻穗和月村也跟了上去。

日田深呼吸後，低頭看著斜坡。視野的確越來越差，但並不至於連數公尺前方也看不到。既然來滑雪，就要挑戰各種斜坡。即使是貓跳斜坡，只要找一下，一定可以找到滑起來很暢快的路線。

那裡似乎不錯。他鎖定方向之後，滑向斜坡的右側角落。滑過去之後，發現自己找到了好地方，非但沒有凹凸不平的起伏，而且積了厚厚的粉雪。沒想到這麼晚了，竟然還有粉雪，實在太驚訝了。

「喔喔，這簡直太棒了！」

蓬鬆的積雪超乎了他的想像，他不由得興奮起來，在滑雪時也忍不住歡呼。身體輕飄飄的，簡直就像在天上飛，揚起雪煙的感覺也很暢快。

只不過好景不長，柔軟的雪面漸漸變硬，很快就露出了貓跳斜坡真正的樣子，而且霧越來越濃了。

只能到此為止了。他放慢速度時，才發現不對勁。

咦？

他停下來四處張望，發現周圍的風景很陌生。這裡是哪裡？而且，其他人都不見了。喂、喂。他對著濃霧彌漫、視野不良的周圍叫了幾聲，但沒有人回應，只聽到自己的回音。

慘了。和大家走失了。剛才滑得太開心，不小心錯過了岔路，但距離太遠了，脫下滑雪板往上爬要走一大段。

無奈之下，他只能繼續向下滑。視野稍微改善了，可以看到周圍的情況。前方出現了林道。

他進入林道後，坐在旁邊，拿出了滑雪場的地圖，確認了目前的地點，又找到了其他四個人前往的地點，思考和他們會合的最快方法。

日田看了地圖後，忍不住垂頭喪氣。因為沿著林道繼續往下滑，也無法遇到其他人，只能連續搭乘纜車，回去中央滑雪場的四人纜車站等他們。

真糟糕，只能暫時一個人滑雪了。他這麼想著，緩緩在林道內滑了起來。

❄ 四人吊椅纜車　之五 ❄

「日田這傢伙，真是傷腦筋啊！他叫別人不要跟丟了，沒想到自己卻不見了。」

「他一直在我身後滑，不知道他什麼時候不見的。」

「日田沒問題嗎？他應該不會還在貓跳斜坡那裡吧？」

「那不可能，我們剛才在那裡等了那麼久，他也沒出現。我猜想他一定錯過了岔道，然後直接滑去下面了。我們沿著斜坡的左側滑，他應該滑去右側了，因為那裡有很棒的粉雪。他滑得不亦樂乎，結果就過頭了，一定就是這樣。」

「他應該沒事吧？不會受傷吧？因為日田先生不像我，他滑得很好。」

「不必擔心，我們等一下搭纜車上去，他一定一派輕鬆地說什麼等我們很久了。」

「希望是這樣。」

「那傢伙真會添麻煩。之前也曾經發生過同樣的事，只要稍不留神，就不知道他會做什麼。」

「哈哈哈，好像真的是這樣。」

「他算是那種很容易失控的人。」

「他很遲鈍，經常不懂得察言觀色。喔，霧散了，但下起了雪。雪況越來越讚了。」

「如果今晚下雪，明天放晴就太棒了。」

「呃，我有一件事要向水城先生和木元小姐報告。應該說，是有事想要拜託兩位。」

「什麼事？突然這麼嚴肅。」

「不瞞兩位，我們要結婚了。」

「我們？我們是怎麼回事？該不會是你們兩個？」

「對，沒錯。」

「啊？不會吧？真的假的？」

「對不起，秋菜小姐。之前都沒有告訴妳，但就是這樣。」

「真的假的？不過，我之前就猜到了。」

「我完全沒發現。」

「因為我曾經在遠處看到他們兩個人單獨在櫃檯時的樣子，就突然覺得，搞不好他們是一對。不過，太好了，恭喜你們啊！」

「謝謝。」

「麻穗，也恭喜妳。」

「謝謝。」

「我們想拜託兩位的是，我們會去婚宴區，可不可以請兩位提供意見？」

「喔，是喔，你們要在我們飯店辦婚禮，好啊，當然沒問題，對不對？」

「我當然沒問題啊。是喔，原來是這樣啊。」

「拜託兩位了。」

「話說回來，真是太驚訝了，沒想到你們的進展這麼快，被你們打敗了。」

「兩位還沒有結婚的打算嗎？」

「啊？什麼啊？什麼意思？」

「剛才她告訴我說，兩位正在交往。」

「麻穗怎麼會知道？」

「哼，一定是日田說的。」

「沒錯，對不起。」

「土屋，妳沒必要道歉。日田這傢伙很多嘴。」

「所以，怎麼樣呢？你們還不考慮結婚嗎？」

「月村，你很會給別人壓力嘛。自己結了婚，就想拖人下水嗎？」

「不是這樣啦……」

「我們還沒有談過結婚的事，對不對？」

「是啊，不過，早晚會考慮啦。」

「咦?這句話什麼意思?你說得好像事不關己。」

「不是啦,唉……今天先別談這些,還是先聊月村和土屋的事。我發現了一件重要的事,這意味著日田又被拒絕了。」

「啊?為什麼?」

「因為他喜歡土屋啊。」

「啊?是這樣啊?」

「一看就知道了啊,月村,是不是?」

「是啊,我也這麼覺得。」

「所以我今天故意逗他,在他面前表現出對土屋有意思,結果他馬上就著急了。他這個人真的太好懂了。」

「搞什麼啊,原來是這樣啊。」

「木元,妳該不會懷疑我?懷疑我真的對土屋有意思?妳真是夠了,我還不至於輕浮到這種程度。」

「也不至於懷疑……」

「喔喔,我懂了,所以日田故意把我們的事告訴土屋。土屋,他是不是說了我什麼？」

「是……他說你手腳很快，而且對我有意思，諸如此類的……」

「果然是這樣，那他自己呢？」

「日田先生說，我是很重要的後輩，他把我視為很重要的朋友，所以很擔心我。」

「啊哈哈哈，什麼意思嘛。」

「小心點，不要搖晃纜車。」

「什麼重要的後輩、很重要的朋友，他根本只是看上妳。如果知道你們要結婚，一定會很受打擊。」

「我也這麼覺得，所以不知道該怎麼告訴日田先生這件事。」

「這次旅行時，先別提這件事。只要有一個人心情沮喪，一直擺臭臉，我們的心情也會受影響。他真是太衰了。是喔是喔，所以他又被拒絕了一次。」

「水城先生，你剛才也這麼說。他又被拒絕了一次是什麼意思？」

「因為木元也拒絕了他啊。」

「啊？是這樣啊？」

「秋菜小姐，真的嗎？」

「嗯，他並沒有明確向我表白。」

「他邀木元兩個人一起去旅行，那不就等於是表白了嗎？所以，我們開始交往時，就只告訴了他。因為如果不趕快讓他放棄就很麻煩。」

「原來是這樣……」

「日田先生好可憐。」

「好可憐……土屋，妳說話也很毒啊。妳自己不是也拒絕了他嗎？」

「他並沒有向我表白啊。真希望日田先生趕快找到好對象，早日得到幸福。」

「別擔心，他很快就忘了。對了，那個人是日田吧？」

「啊？沒錯，就是日田。他果然先上來了。」

「還一派輕鬆地向我們揮手呢。我們也向他揮手。喂，日田，你又被拒絕了。」

「日田先生，對不起，我們要結婚了。」

「對不起。」

「雖然他聽不到，但你們也太過分了。他太可憐了，我都忍不住要流淚了。」

「聽我說，你們應該知道吧，這件事不能傳出去。」

「好。」

「好。」

「知道了。」

求婚大作戰

※

1

※

一看時鐘，已經晚上十點多了。水城直也吃著毛豆，喝著啤酒，抬頭看著店家設置在牆邊的電視。電視正在播放諧星搞笑的段子。

這家定食屋就在他任職的觀光飯店附近，他經常在下班後來這裡吃飯，但今天晚上，他約了人在這裡見面。

拉門嘎啦一聲打開，出現一張早就看膩的臉。日田榮介把手掌豎在臉前，上下擺動著表示道歉，然後走向水城的那張餐桌。他拿下了繞在脖子上的圍巾，脫下夾克後，在對面的座位坐了下來。

老闆娘走了過來，日田點了啤酒和幾道下酒菜。

「今天生意很好，整理帳單耗費了很多時間。」日田為自己辯解道。他是水城的同事，目前在餐飲部的日本料理餐廳工作。

「那很好啊，哪像我，三月的歡送會和四月的迎新派對的預約都還沒滿，整天被上司盯。」

水城在宴會部工作，之前負責婚宴區，目前負責企業的宴會業務。

老闆娘送來了啤酒和杯子，水城為日田手上的杯子倒啤酒時問：「你找我是什麼事？」

「嗯，其實啊，」日田喝了一口啤酒，吞下去之後，探出身體說：「我覺得差不多該定下來了。」

「什麼該定下來了？」

日田聽了水城的反問，皺了皺眉頭，似乎覺得他搞不清楚狀況。

「那還用問嗎？當然是結婚、結婚啊。」

「是喔。」水城拿著酒杯，打量著日田的臉，「對方是和你同一個職場的橋本嗎？」

「當然啊。」

「是喔。」水城又說了一次，「真快啊。」

「會嗎？」

「你不是去年年底才開始和橋本交往嗎？不是才交往了三個月而已？」

「正確地說，是兩個月又十二天。」

「這麼快就要做出結論了嗎？會不會太快了？」

「我和你不一樣，難以想像你們交往已經超過一年了，還不趕快結婚。」

「交往一年很普通吧，她也很謹慎，畢竟她的經驗也很豐富。」

水城的女朋友是木元秋菜，是他在宴會部的同事，她負責婚宴區，每天都負責接待很多準備結婚的新人。

「俗話不是說，好事不宜遲嗎？」日田伸手拿起毛豆，「她已經三十歲了，我猜想她應該很著急，所以想讓她安心。」

「是喔。」水城點了點頭，停下了準備舉到嘴邊的手。

「你想讓她安心……也就是說，你們並不是在討論之後，決定要結婚。」

「我還沒有和她討論這件事。我就是為了這件事想要找你商量。」日田東張西望後，壓低聲音說：「就是求婚的事。」

「啊？」

老闆娘把下酒菜送了上來，在老闆娘把盤子放在桌上時，兩個人都沒有說話。日田靦腆地笑著。

老闆娘離開後，水城拿起免洗筷，「什麼意思？求婚的事為什麼要找我商量？」

「因為，」日田把雙手放在桌上，「我打算向她求婚，但既然要求婚，就希望有點特色，而不是只說一句『請妳嫁給我』。」

「特色喔，比方說呢？」

日田不服氣地嘛著嘴說：

「正因為想不出來，所以才找你商量啊，你有沒有什麼好主意？」

水城用免洗筷夾起的生魚片差點掉下來。

「這種事，你要自己想啊。」

「我想過了，但想不出什麼好主意。你以前曾經在婚宴區工作，應該知道一、兩種有趣的求婚方式吧。」

「沒這回事，因為我們並不會問新人當初是怎麼求婚的。」他把生魚片放進嘴裡。這家店的生魚片向來都很新鮮美味。

他看著生魚片旁的蘿蔔絲，突然想到一個主意。

「這個主意怎麼樣？你們去一家法國餐廳約會，然後點全餐。在吃飯的時候，隻字不提結婚的事。重頭戲是最後的甜點。她準備吃甜點時，發現裡面藏了戒指，她一定很驚訝。既驚訝，又感動。只要事先拜託餐廳，應該可以搞定。怎麼樣，這個點子很不錯吧？」

沒想到日田皺著眉頭，抱著雙臂，微微偏著頭。

「怎麼了？你覺得不好嗎？」水城問。

「萬一，」日田開了口，「萬一她把戒指和甜點一起吃下去，不就搞砸了嗎？」

水城差點從椅子上跌下去，「怎麼可能發生這種事？」

「即使沒有吞下去，也可能會不小心咬到，然後把牙齒咬斷了。這個點子不行。」日田的雙手在胸前交叉。

「我覺得你多慮了。」

「而且，這個方法也不夠震撼，我希望是印象更深刻的點子。」

「要印象更深刻嗎？」水城回想著以前負責婚宴時的事，他想到了一個方法。

「對，你可以搬家。」

「搬家？為什麼要搬家？」

「在搬家那天，請她一起幫忙。她去新家之後，發現已經為她準備了家電和家具。也就是說，新家是你們婚後的新居。這種方法印象很深刻吧？」

日田眨了眨眼睛，「的確是。」

「是不是好主意？」

「但是，萬一她不喜歡那個房間怎麼辦？不是還要再搬一次嗎？」

「就請她忍耐啊。」

「好不容易展開新婚生活，怎麼可能要她忍耐？」

「真麻煩。」水城皺著眉頭，「好，那就先決定地點。最好是有你們共同回憶的地方。雖然很沒有新意，但女人很喜歡這一套。」

「有共同回憶的地方嗎？」日田露出凝望遠方的眼神，「哪裡呢？」

「你們兩個人沒有單獨去旅行過嗎？」

「有了，」日田抱著雙臂說：「里澤溫泉。我們剛交往時，曾經一起去過。」

「里澤？喔，之前聽說她也會滑雪，她滑得好嗎？」

「嗯，馬馬虎虎吧。」

水城和日田都熱愛滑雪，每年滑雪季節，都會一起去滑好幾次。

「那就決定了。你們去里澤溫泉滑雪旅行，在雪地上向她求婚，太浪漫了。

好，就這麼決定了。加油囉。」水城拿起杯子，準備和日田乾杯。

「等一下，就這樣而已嗎？」

「什麼這樣而已？」

「只是在滑雪場向她求婚而已嗎？」

「你不滿意嗎？」

「雖然浪漫，但不夠戲劇化。我希望讓她有驚喜，就好像推理小說那樣，劇情急轉直下，讓她大吃一驚。」

「你這傢伙真貪心啊。」水城放下了剛才拿起的杯子。

「一輩子只有一次，當然不能馬虎。你幫我想一想，這頓我請客。」

「真拿你沒辦法。」

水城皺著眉頭，還是絞盡腦汁思考，很希望能夠助日田一臂之力。日田是他在公司內最好的朋友，但他願意幫忙，當然不光是因為這個原因。

日田雖然人不錯，只是很沒有女人緣。女生並不是討厭他，而是覺得「他是好人，是很理想的朋友」。水城的女朋友秋菜也曾經拒絕過日田，秋菜說「不知道為什麼，就是不太能想像他是自己的男朋友」。

日田終於交到了女朋友。這位橋本小姐是去年四月進入飯店工作的派遣員工，容貌出眾。聽說之前曾經在建築業工作，竟然會跑來飯店業工作。因為對餐飲業也有經驗，被分到餐飲部，他們也因此相識。

水城沒有和橋本小姐聊過天，雖然秋菜和她在不同的部門，但因為剛好同年，所以關係還不錯。聽秋菜說：「橋本小姐很穩重能幹，或許很適合個性衝動的日田。」

如果日田錯失了這麼好的對象，不知道什麼時候才能等到下一個春天，所以無論如何，都希望他求婚成功。

但是，要怎樣製造驚喜呢？而且他還希望劇情急轉直下，真難啊！

水城喝完了杯子中的啤酒，不經意地看向牆邊的電視。電視上正在播放以前的月光假面黑白片，字幕出現了「像疾風般出現，又像疾風般消失的月光假面是誰？」的歌詞。

水城靈光一閃，拍了一下桌子。

「我想到了好主意。」

※ 2 ※

在定食屋討論求婚方法的翌週週末，里澤溫泉滑雪場下起了雪，完全符合氣象節目的天氣預報，而且天色很暗，感覺雪會越下越大。

「你穿這套滑雪衣褲很好看啊。」水城看著日田說。日田穿的並不是自己的滑雪衣褲，而是租來的。

「穿上這套衣服，她應該認不出我吧？」日田問。

「絕對認不出。」水城斷言道。

日田戴上安全帽，也戴上了雪鏡和圍脖。即使是熟悉他的人，應該也無法認出他。

他們身上背著背包，背包上掛著越野滑雪用的雪杖和熊掌鞋。無論誰看到他們，都會以為他們打算去越野滑雪。

水城滑雪衣口袋裡的手機響了。他從口袋裡拿出智慧型手機。原來是秋菜打來的。

「喂？」

「是水城嗎？我是秋菜，情況怎麼樣？」

「我們才剛到滑雪場，買了吊椅纜車券，你們那裡的情況怎麼樣？」

「我們正在吊椅纜車站旁的咖啡店休息，目前月村、麻穗正陪著橋本小姐。」

「是嗎？她沒有察覺有什麼不對勁吧？」

「完全沒有，她很樂在其中。」

「太好了，那你們就繼續陪她滑雪。我和日田要去目標地點勘察，結束之後，會打電話通知妳。」

「收到。」

水城掛了電話，把手機放回口袋之後，轉頭對日田說：「橋本小姐和其他人在一起。」

日田輕輕點頭。雖然完全看不到他的表情，但可以感受到他的緊張。水城忍不住苦笑。

「你怎麼了？該不會在害怕？」

「不，也不是害怕，只是擔心，真的會這麼順利嗎？」他說話的語氣也比平時更緊張。

「別擔心，我們再三推敲過這次的計畫，而且天氣也完全符合我們的預期，一定會很順利，所以，你要振作一點。」水城用力拍著日田的肩膀說。

他們一起搭上箱形纜車，幸好沒有其他人共乘，他們可以充分討論接下來的計畫。

「這次大家都來幫忙，讓我覺得很不好意思。」日田拿下雪鏡和圍脖，難得很客氣地說。

「事到如今，怎麼還在說這種話？當初是你說希望求婚儀式是一個劇情急轉直下的大驚喜，所以我才想了這個計畫。」

「我知道，但我沒想到需要這麼大費周章，找木元來幫忙也就罷了，連月村他們也一起加入了。」

「你不必放在心上，我向秋菜提起這個計畫時，她也躍躍欲試。月村他們也一樣。他們樂在其中，所以你完全不必在意。」

這句話並不假。秋菜一聽到這次的計畫，立刻興奮得手舞足蹈。

「日田要求婚？既然這樣，我當然不能袖手旁觀。只要是我能做到的事，我都會全力以赴。」她用堅定的語氣對水城說。

水城聽了秋菜這句話，立刻把一個重要的任務交付給她。秋菜必須負責邀請橋本小姐一起去滑雪旅行。目的地當然是里澤溫泉滑雪場。因為秋菜和橋本小姐並不算是好朋友，兩個人單獨去滑雪不太自然，所以就同時邀了以前也經常一起出遊的月村夫婦。月村夫婦兩人都是水城的同事，當他們瞭解內情後一口答應，而且願意積極協助。

秋菜向橋本小姐提出邀約時，橋本小姐猶豫了一下，但最後還是點頭答應了。秋菜說，她不知道橋本小姐在猶豫什麼。從剛才的電話中得知，橋本小姐也樂在其中，顯然並不是不想來滑雪。

總之，計畫到目前為止的進展都十分順利，但接下來才是關鍵。

水城看向纜車外，外面仍然飄著小雪。里澤溫泉的滑雪場很大，每次來這裡，都忍不住感到驚嘆。

「今天的雪況很棒，無論在哪裡滑雪，都應該很暢快吧！」水城看著在雪道上盡情暢滑的滑雪客，忍不住說道。

「不好意思，為我浪費了這麼棒的日子。大家一定很想丟下我，好好享受眼前這片粉雪。」日田一臉歉意地說。

「你在說什麼啊？這種日子，才適合執行這次的計畫啊，如果雪道上都結了冰，就沒辦法執行計畫了。」

「也對啦。」

「享受粉雪的樂趣，就留到明天再說，到時候，可以和橋本小姐一起盡情地滑個痛快。」

「嗯，是啊。」日田放鬆了臉上的表情，點了點頭。他的嘴角情不自禁地上揚。

「沒想到你也要結婚了。」水城打量著朋友的臉，「我作夢都沒想到，竟然會被你超前。」

「你只是在拖延而已。我勸你也趕快定下來，不然木元太可憐了。」

「你這傢伙很囂張喔。對方還沒答應你的求婚，你就在我面前擺出一副前輩的姿態，」水城說，「不過，你有自信她會答應吧？」

「很難說，搞不好她會回答我，她要再想一想。」

「這次的意外驚喜計畫，就是為了避免她說這句話所準備的啊。她一定會因為驚訝很感動，馬上一口答應，你不必擔心。」水城拍了拍朋友的大腿。

「希望是這樣。」日田從容的表情中帶著不安。

「我不太瞭解橋本小姐。你認識她的時候，她沒有男朋友嗎？」水城問。

日田點了點頭回答：「應該沒有，因為我曾經聽她提到，和前男友分手已經超過半年，她好像也是因為這個原因才決定轉行。」

日田停頓了一下說：「但我並沒有問過她詳細的情況。」

「不要問比較好。你之前說，她今年三十歲了。女人到了這個年紀，當然會有幾段感情，所以不必追究以前的事。」

「嗯，我知道。」日田戴上了安全帽，因為纜車快到終點了。

水城再度低頭看著腳下的滑雪場，一輛雪上摩托車正在雪道上逆向行駛。一名巡邏員騎著摩托車，但身後有一個看起來像是滑雪客的男人。可能是上方有人受傷，所以同伴通知巡邏員後，一起前往現場。滑雪場雖然是玩樂的空間，但同時也有不少危險的地方。水城提醒自己也要多注意，如果求婚大作戰變成了大意外，就太慘不忍睹了。

3

箱形纜車抵達了終點，旁邊有一家咖啡店。水城隔著窗戶向內張望，店裡幾乎都是來自歐美的滑雪客，沒有看到秋菜他們。他們可能已經去滑雪了。

走出車站，發現雪越下越大。又細又乾的雪花，轉眼之間，就把所有的一切都籠罩在一片白色的世界之中。如果繼續下雪，到了晚上，應該可以積起數十公分的雪。

「真讓人期待明天啊！」水城在穿固定器時說。「明天絕對是個粉雪的好日子，一定要起個大早，我們三對一起盡情地滑個痛快。」

「真好，希望到時候不會是兩對和一個失戀的男人。」

「你在說什麼啊，你臉上明明寫著，不可能有這種事。」

「你根本看不到我的臉。」

「那你寫在雪鏡上了。」

「嘿嘿嘿。」日田笑了起來。水城似乎說對了。

他們都穿好了固定器。這時，不知道哪裡傳來了引擎聲。一輛雪上摩托車停在附近。就是剛才在纜車上看到的那輛雪上摩托車。巡邏員騎著摩托車，後方那個看起來像是滑雪客的男人穿著深藍色滑雪衣，摩托車上載著滑雪板。

後方的男人巡視四周後，不知道對駕駛座上的巡邏員說了什麼，巡邏員點了點頭，再度騎著摩托車前進。摩托車越來越小，轉眼之間就不見了。

水城有點好奇發生了什麼事，但還是對日田說：「我們走吧。」

「ＯＫ！」日田舉起手回答。

兩個人輕快地滑了起來。在壓雪後的雪道上飛速滑了一陣子後，進入了偏離主要雪道的林道。接下來才是這次計畫的關鍵部分。

里澤溫泉滑雪場的規模在全日本首屈一指，一天根本滑不完所有的雪道，至少需要兩天才能滑完，所以，把握滑雪場整體的位置關係也不是一件容易的事。簡單地說，就是很容易迷路。只要不小心走錯一條岔路，就會來到完全不同的地方。而且，這個滑雪場到處都是這種岔路，即使是多次造訪的滑雪客，也常常搞不清楚自己目前身在何處。

水城和日田小心翼翼地確認著岔路，一路滑向目標地點。如果自己也迷了路，就真的沒戲唱了。

不一會兒，他們來到了目標地點。放眼望去，到處是一片白雪皚皚的世界，而且是緩和的斜坡，即使是經驗不豐富的滑雪客，也會忍不住加快速度。

「喔喔，果然積了很厚的雪。」水城說著，巡視著四周。由於這一帶很平坦，所以比其他斜坡更容易積雪。

「而且完全沒有人滑過，」日田說，「可見還沒有人進去過。」

「通常都不會進去吧，平時就很危險，積了這麼深的雪，簡直就是找死。」

「不知道裡面到底是什麼情況。」

「大致可以想像。我們還是去看看再說。」

「ＯＫ。」

兩個人又滑了起來。雖然很平坦，但稍微有一點斜度，所以滑雪板能夠順利滑動，在新雪上滑雪時特有的飄浮感太舒服了。

但是，只要曾經在這裡滑過雪的人都知道，這正是陷阱。

果然不出所料，滑了一小段之後，情況就完全不同了。路變狹窄的同時，坡度也變得很陡。滑雪板漸漸陷進雪地，最後完全停了下來。

他們解開了固定器。如果只是坡度不足，只要解開後腳的固定器，用單腳滑動就沒問題，但目前積雪已經深及膝蓋，因為積雪太深，根本無法順利滑行。

「哈哈哈，果然和我們想的一樣。」水城笑著把背上的背包拿了下來，「這下子真的會很辛苦。」

「如果卡在這裡進退不得，一定會很不安。」

「那不正合我們意嗎？」

水城拿出手機打給秋菜。秋菜可能正在滑雪，沒有接電話，很快就轉到了語音信箱。

「呃，是我，我們目前正在目標地點。不知道該說是一如所料，還是該說超乎預期，總之，積雪狀況很理想。我們會開始著手準備，妳可以在適當時機開始執行計畫，到時候通知我一下。那就拜託了。」他在語音信箱留完言後，掛上了電話。

「不知道他們正在哪裡滑。」日田問。

「我猜想應該在山頂的吊椅纜車，但聽到我剛才的留言，應該會馬上下來。我們趕快著手準備。」水城拿下了掛在背包上的熊掌鞋。

「希望一切順利。」日田用缺乏自信的語氣說完後，也在滑雪鞋外穿上了熊掌鞋。

「一定會順利，沒理由不順利。」水城穿完熊掌鞋後站了起來，看著前方。雪勢並沒有減弱，視野很差，但放眼望去，完全看不到人影。

這裡並不是滑雪場的禁滑區，而是正規的林道，但這裡空無一人是有原因的。因為前方是一大片平坦的林道，即使壓過雪，雙板滑雪客也必須雙手緊握雪杖前進，單板滑雪客必須用單腳拚命滑，而且這段路長得令人絕望。到時候會忍不住憤慨地查雪道地圖，才會發現上面用很小的文字寫著「林道（超緩斜坡 注意）」這幾個字。

里澤溫泉滑雪場有各種豐富的雪道，初學者到職業級的滑雪客都能夠樂在其中，最大的缺點，就是這條「永無止境的魔鬼林道」，一旦誤闖進來，就無法逃脫。瞭解這個滑雪場配置的人，都會千方百計避開這條雪道。

這次規劃在這個滑雪場進行的驚喜求婚大作戰時，水城最先想到這條林道。

按照他規劃的求婚計畫，秋菜和月村夫婦帶著橋本小姐滑向這個林道的方向，然後在中途一個人、兩個人偷偷躲到一旁。最後只剩下橋本小姐一個人時，她一定會很緊張，以為自己和其他人走失了。因為不可能停在原地不動，所以必須繼續往前滑，然後就會誤闖進這片「永無止境的魔鬼林道」。

滑了一陣子，她就會像水城他們現在一樣停下來，解開後腳的固定器，試著用單腳向前滑。問題是這裡的積雪太深了，滑雪板會陷進雪中，根本無法前進。而且這片超緩斜坡看不到盡頭。最後，她筋疲力竭，很希望有人來救她，帶她走出這片林道。

這時，兩名陌生的單板滑雪客出現在她面前，那兩個人的背包上掛著滑雪板，手拿雪杖，穿著熊掌鞋，快步走在雪地上，可能打算去越野滑雪。看到橋本小姐在雪地中，其中一人停下了腳步，然後把雪杖遞到她面前說：「請抓住雪杖。」橋本小姐已經疲憊不堪，兩條腿都無法走動了，一定覺得是神助。她抓住雪杖後，男人大步前進，她終於擺脫了在積雪很深的雪地中移動的惡夢，輕鬆地向前滑行。

「永無止境的魔鬼林道」即將抵達終點，那裡就可以自由滑行。她向一路拉著自己滑行的人道謝，對方第一次開口。

「妳以後也會繼續跟我走嗎？」

聽到這個熟悉的聲音，橋本小姐一定會露出困惑的表情。但是，不能讓她有時間思考。必須馬上拿下雪鏡和圍脖，表明身分。

她一定驚訝不已。原本以為是陌生人，沒想到是自己交往的男朋友日田榮介。

她一時搞不清楚狀況，在她感到混亂之際，日田立刻從懷裡拿出戒指說：

「我會帶著妳走，希望妳跟我走，永遠跟著我走。」

這時，橋本小姐必定會恍然大悟，知道這一切都是事先安排好的，自己正身處命運的關鍵時刻。

任何女人面對如此精心的安排，都不可能不被打動。她一定會毫不猶豫地接過戒指，為了拍下這戲劇性的時刻，水城的安全帽上還特地裝了攝影機。

水城忍不住得意，覺得自己的點子實在太棒了。雖然當初是在定食屋，看到電影上的月光假面才想到的——

手機響了。應該是秋菜打來的。求婚計畫似乎終於拉開了序幕。

水城確認的確是秋菜的來電後，才接起電話。

「是我。你們人在哪裡？」

「發生了意外的狀況……」

「怎麼了？」

「橋本小姐不見了。」

❄ 4 ❄

「在哪裡不見的？」水城問。

「不知道。我們和她拉開了距離，一個一個躲了起來，但橋本小姐不知道什麼時候不見了。」

「這是怎麼回事？你們不是在沒有岔路的雪道上滑嗎？」

「是啊，但她不見了，也可能她想要追上我們，結果走了捷徑。」

他們滑雪的那個林道是左轉右拐的彎道，有好幾個地方可以走捷徑。

「要不要打電話看看？」

「不行，她的手機放在飯店了。當初是你說不要讓她帶手機，當她一個人的時候，可以增加孤獨感。所以我對她說，萬一滑雪時掉了很麻煩，叫她最好不要帶手機，她就把手機放回皮包了。」

水城皺著眉頭。他的確曾經這樣指示。

「那也沒辦法了，我們先會合再說。我們這就往回走，你們在林道的入口等我們。」

「知道了。」

水城掛上電話，向日田說明了情況。

「怎麼會這樣……她去了哪裡？」日田擔心地偏著頭。

「她對這個滑雪場很熟嗎？」

「不可能，上次和我一起來的時候，她說是第一次。」

「既然這樣，就不可能走捷徑。太奇怪了。」

無論如何，只能先沿著原路折返。雪還是不停地下，如果沒有熊掌鞋，根本無法走路。

前方的林道是緩和的上坡道。秋菜和月村夫婦就在斜坡的上方。他們看到了水城和日田，用力揮著手。

水城走到他們面前時，一屁股坐了下來。走這段路很累人。

「你們三個人竟然會連目標也搞丟了，到底在幹嘛啊？」雖然明知道抱怨也沒有用，但還是忍不住發牢騷。

「對不起，我們也沒想到會發生這種情況。」月村滿臉歉意地說。

「對不起。」月村的妻子麻穗也跟著道歉，只是說話的語氣和平時一樣輕鬆。

「先去找人再說。」秋菜說道。

「是啊，問題是要去哪裡找？」

「剛才在等你們的時候，我們討論了一下，如果她走捷徑的話，應該會去高手A雪道。」秋菜打開地圖，指著上面說道。

「高手A？」水城看著地圖，「雖然可以去那裡，但只有熟悉這個滑雪場地形的人，才會選擇那個雪道。聽日田說，這是她第二次來這裡。」

「但這是唯一的可能。」

「問題是……」

「不好意思，」月村麻穗開了口，「我覺得橋本小姐可能對這個滑雪場很熟悉。」

「為什麼？」

「因為她很清楚最近的廁所要搭哪個吊椅纜車，感覺不像是第二次。」

水城看著日田，日田不發一語地偏著頭。

「怎麼辦？」秋菜問，水城沒有回答，日田開了口。

「既然沒有其他選擇，那只能去高手A雪道找她。」

水城也沒有異議。他放下背包，拿下雪杖。

五個人開始滑向高手A雪道。持續下的雪淹沒了其他人滑行的軌跡，沿途都是光滑的雪面，只不過現在無暇享受。

不一會兒，前方出現了岔路。到底要直行，還是進入旁邊的林道。兩條路都通往高手A雪道。他們在岔路前停了下來。

「我們兵分兩路。」日田提議道。

「好啊，我們直行。秋菜，你們走林道。」

「不，」日田反對水城的意見，「我們走林道。」

日田說話的語氣充滿確信，水城問他：「這樣比較好嗎？」

「不知道，我只是隱約覺得這樣比較好。」

「是喔。」水城點了點頭，看著秋菜，「那就這樣，拜託囉。」

「好。」秋菜回答後，再度滑了起來。月村夫婦也跟在她的身後。

「走吧。」日田滑了起來。

他們在狹窄的林道滑行，前方沒有人影。

日田突然停了下來，注意著兩旁的積雪。積雪有將近一公尺高。

「怎麼了？」水城問。

日田揚了揚下巴說：「好像有人從那裡進去。」

水城順著他的視線看了過去，那裡的雪的確有被人踩過的痕跡，前方還有單板滑過的痕跡。應該有人從那裡滑下去。

「這裡是秘境吧？」日田說，「因為壓雪車沒辦法進來，所以積了這麼多雪，看不到入口，但其實下面就是雪道。」

「我也知道，但你的意思是說，她從這裡滑下去嗎？」

「我和她上次來的時候，曾經經過這裡。她突然停了下來，目不轉睛地看著下面。當時的積雪沒有今天這麼深，可以看到斜坡下方。我問她怎麼了，她說這裡的風景很不錯，所以想多看幾眼，但其中可能有什麼隱情。」

「什麼隱情？」

「我也不知道，只是她當時的神情有點奇怪。」

水城心想，日田應該想起了這件事，所以剛才選擇走這條林道。

日田解開了固定器，似乎打算走進這條雪道。水城雖然覺得橋本小姐不太可能進去，但還是跟著他走了進去。

他們抱著滑雪板，在深及大腿的積雪中前進。不一會兒，就看到了斜坡。完美的粉雪區完全沒有任何人滑過的軌跡。如果不是眼前的狀況，他們一定會興奮得手舞足蹈。

「啊！」日田叫了起來，「有人在那裡。」

水城順著他手指的方向看去，看到斜坡中央有一團紅色。那團紅色在原地掙扎，應該是一個人。那個人似乎被積雪困住，動彈不得。

「是她的滑雪衣，一定就是她，帽子也和她的一樣。」日田說完，開始穿上固定器。

他們一起滑了起來。過去一看，果然是橋本小姐。她把雪鏡推到額頭，應該是在雪地中奮鬥了半天，覺得太熱了。這一帶的積雪特別深，已經超過腰部。即使想要站起來，手臂也會被埋進積雪，根本站不起來。

橋本小姐發現他們後有點尷尬，漲紅的臉露出僵硬的笑容說：「我竟然在這種地方跌倒了……」

日田不發一語地從背包上拿下雪杖，遞到她面前。

「啊……謝謝你。」她抓住了雪杖，似乎沒有發現突然出現在面前的救世主是誰。

水城察覺到日田的用意。他打算順利營救她之後才表明身分，向她求婚。這真的是上天的惡作劇，而且比當初考慮的計畫更富有戲劇性。水城悄悄打開攝影機的開關，絕對要拍下這個經典畫面。

橋本小姐抓著日田，總算站了起來，她的滑雪板開始滑動，沿著斜坡緩緩滑了下去。

日田跟在她身後滑了起來，水城也緊跟在後。

來到經過整地的雪道後，橋本小姐停了下來，似乎在等他們。日田滑向她。水城看著他的背影，忍不住興奮起來。命運的一刻即將到來。

「謝謝你，多虧你救了我。」橋本小姐拿下雪鏡，向日田鞠躬說道。

日田點了點頭，把手伸向圍脖。他打算表明身分了。

就在這時，斜坡下方傳來引擎聲。抬頭一看，一輛雪上摩托車以驚人的速度駛上坡道。就是剛才看到的那兩個人。

水城好奇地看著那兩個人，坐在後車座的男人突然大叫著：「美雪。」

橋本小姐聽到這個聲音，立刻臉色大變。她驚訝地用雙手捂著嘴，瞪大了眼睛。

雪上摩托車駛到她面前後停了下來。坐在後方的男人拿下雪鏡，抱著滑雪板下了車。他的雙眼盯著橋本小姐，似乎根本沒看到水城他們。

「美雪。」他又叫了一聲。水城這才想起橋本小姐就叫美雪。

「廣太。」她小聲嘀咕著，「你怎麼會在這裡？」

「由美告訴我的。她說妳和飯店的人一起來里澤溫泉了，我很想見妳，所以就追來這裡了。因為如果不來這裡，妳根本不願意再見我。」

橋本小姐露出搞不清楚眼前狀況的表情，看了看男人，又看了看雪上摩托車。

「他是我朋友。」廣太回頭看著雪上摩托車說，「我來這裡滑過很多次雪，就認識了他……這次我向他說明了情況，請他協助我一起找妳。謝謝，你真的幫了大忙，接下來我可以自己搞定。」

巡邏員舉起一隻手，騎著雪上摩托車順著斜坡離開了。那個叫廣太的男人目送他離開後，轉頭看著橋本小姐。然後，他把雪鏡和滑雪板丟在一旁，雙腿跪在雪地上。

「美雪，我求求妳，」那個男人低頭跪在橋本小姐面前，「請妳回到我身邊，和我重新開始，拜託了。」

橋本小姐面對突如其來的發展說不出話，她連續吐了好幾次氣，努力讓心情平靜下來。

「你在說什麼啊？怎麼可能嘛，你知道自己做了什麼嗎？」

「我當然知道，也知道自己做錯了，但請妳相信我，我和她之間真的什麼都沒有。」

「那是因為我們剛好搭了同一輛纜車，不小心被我撞見了。如果我沒有遇到你們，結果會怎麼樣？你還能說，和她之間什麼都沒有嗎？」

「這……妳這麼說，我就無話可說了，但現在我和她之間，的確什麼都沒有。」

「我說的並不是這個意思，但你的確背叛了我。」橋本小姐的聲音變得很尖，她的情緒似乎很激動。

「沒錯，所以我只能道歉，而且我可以發誓，以後絕對不會再外遇了。」

「我無法相信。你知道我受到多大的傷害嗎？因為如果繼續留在原本的行業，可能會遇到你，所以我甚至改行了。」橋本小姐的聲音帶著哭腔，她的臉頰也濕了。

「我聽由美說了，我真的很對不起妳，我也反省了這件事。」

「誰都會說漂亮話。」

「我沒有騙妳。」那個男人說完，拿下了針織帽。

水城差一點驚叫起來。因為那個男人理著光頭。他似乎才剛理光頭，頭頂一片青色。

「我知道妳不可能因為我理了光頭就原諒我，雖然妳會覺得理光頭又怎麼樣？但我覺得必須用某種方式表示……」

橋本小姐似乎也很吃驚，完全說不出話。

時間在沉默中流逝。雪不知道什麼時候停了。一陣風吹來，吹起了地上的粉雪。

橋本小姐終於緩緩地動了起來。她解開了固定器，走向那個男人，拿下自己的針織帽，戴在男人的光頭上。「小心感冒了。」她的語氣很溫柔，和剛才完全不一樣。

「美雪！」男人站了起來。

「我原本決定再也不來這個滑雪場，」橋本小姐說，「但我現在交往的男朋友邀我，我在年底的時候來過一次，結果滿腦子都想到你，想著我們以前在這片粉雪秘境滑過好幾次。」

男人眨了眨眼睛，「妳有男朋友了？」

「嗯，但是你不必擔心，他是好人，只要我告訴他實情，他應該會諒解。而且我和他之間什麼事都沒發生，上次來這裡時，也是當天來回。」

啊？水城忍不住看向愣在旁邊的日田。他們之間還沒有發生——？

日田僵在那裡，一動也不動。

「所以，妳願意再給我一次機會嗎？」男人問。

橋本小姐面帶微笑地點了點頭，「但是只此一次，下不為例。」

「美雪。」那個叫廣太的男人緊緊抱著她，「回東京之後，我們馬上去區公所。我們結婚吧，我一定會讓妳幸福。」

她也用雙手抱住了男人的身體說：「好啊，太高興了。」

水城幾乎快暈了。怎麼會有這種事？日田原本打算求婚，沒想到被突然闖入的男人捷足先登，而且橋本小姐竟然點頭答應了。

不知道日田有何感受，水城不敢看他。這時，聽到身旁響起啪啪啪啪的聲音。

水城忍不住轉過頭。

他難以相信自己看到的景象。因為日田用戴著手套的雙手在鼓掌。

水城驚訝地看著日田，日田微微向他點頭，好像在說，這樣的結局也不錯——怎麼會這樣？

這個大好人的好友竟然在祝福自己所愛的女人得到幸福。

水城也緩緩鼓掌。他不得不這麼做。

橋本小姐和那個男人突然回過神似地抽離了身體，他們似乎終於發現身旁還有其他人。

「妳的同事？」那個叫廣太的男人問。

「不是，」橋本小姐搖著頭，「我剛才陷進了雪地，他救了我。」

「原來是這樣。謝謝你。」搶走了橋本小姐的廣太向被搶走橋本小姐的日田道謝。

日田不發一語地點了點頭，似乎在說，太好了，恭喜兩位。

「那我們走吧。」那個男人對橋本小姐說，橋本小姐「嗯」了一聲。

他們穿上滑雪板，輕巧地滑走了。

水城再度看向日田。當面被搶走女朋友的好友一動也不動地站在原地，水城無法想像他的雙眼看著什麼，也不知道他內心在想什麼。但是——
今天晚上要好好陪他，一直喝酒到天亮，兩個人一起痛哭。

滑雪聯誼

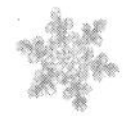

✻ 1 ✻

已經多久沒有踏進東京的觀光飯店了？火野桃實踏進正門的自動門時，思考著這個問題。大廳寬敞明亮，雖然沒有特別華麗的裝飾，卻有一種亮麗的感覺。

大廳深處是開放式的咖啡廳。她站在入口處巡視，發現角落的座位有動靜。橋本美雪站了起來，向她輕輕揮著手。美雪沒有穿制服，而是穿便服。桃實點了點頭，走了過去。

「對不起，妳等很久了嗎？」桃實在對面的座位坐下來時問道。

「別擔心，我也剛到。」

穿著黑色長裙的女人走了過來，把兩杯水放在她們面前。

「妳要喝什麼飲料？」美雪問桃實。

「有沒有什麼推薦的？」

「皇家奶茶還不錯。」

「那我就喝這個。」

美雪向長裙女人點了兩杯皇家奶茶。

桃實拿起水杯，喝了一口水。她不敢正視美雪，也知道自己因為緊張而全身僵硬。

「對不起，還麻煩妳特地跑一趟，」美雪說，「照理說，應該是我去找妳。」

「沒關係。」桃實搖了搖頭，抬起視線瞥了美雪一眼。剛好和美雪眼神交會，慌忙移開了視線。

「如果不是妳約我，我也不會有機會在飯店的咖啡廳喝茶，」桃實說完，巡視著周圍後繼續說道，「這家飯店很漂亮，很羨慕妳在這種地方工作。」

「我主要做幕後的工作，而且，妳的職場不是也很棒嗎？化妝品專櫃應該是百貨公司中最引人注目的地方。」

「那只是表面而已，其實很辛苦，而且有許多奇怪的客人。」

「飯店也差不多。」

「哈哈哈，我想也是。」

桃實覺得坐立難安，美雪應該也覺得很尷尬。

昨天接到美雪打來的電話。桃實一看來電顯示，忍不住有點驚訝。因為她們已經有一年多沒聯絡了，之後也沒有互傳訊息，也沒有在社群網站上交流。

美雪在電話中說，有事想要找她，問她能不能見個面。桃實回答說沒問題，美雪說，可以由桃實決定時間和地點。桃實問了美雪工作的地點，得知是觀光飯店後，桃實說，那可以約在飯店見面。

皇家奶茶送了上來。兩個人同時拿起了茶杯。

「我們有一年沒見面了。」美雪先放下茶杯說道。

「是啊。」

「妳最近還好嗎？」

「嗯。」桃實低吟一聲後，點了點頭。「馬馬虎虎，妳呢？」

「嗯。」美雪也低吟了一下，然後偏著頭回答說：「發生了很多事。」

桃實並不感到意外。因為無論在精神上還是物理上，美雪受到的傷害遠遠超過她。

「但是，」美雪又說，「這次打算定下來了。」

「什麼意思？」桃實問。

美雪坐直了身體，露出真摯的眼神說：

「我決定和廣太復合，應該說，已經和他復合了，也已經去登記了。」

桃實瞪大了眼睛，「是喔……」

「妳很驚訝嗎?的確會驚訝。」

「嗯，不過我猜到可能是這樣。妳說有事要找我，八成就是他的事……」桃實看著白色茶杯，回想起那天一片白雪的滑雪場。

一年前，桃實有一個男朋友。正確地說，有一個她以為是男友的男人。男友邀她一起去滑雪，沒想到在滑雪場巧遇了高中同學美雪。但這並不是唯一的巧合，因為帶桃實去滑雪的男人竟然是美雪的同居男友，而且他們已經決定了婚禮的日期。

那個男人就是廣太。桃實當然立刻和他分手，獨自從滑雪場回家。幾天之後，接到了美雪的電話，說已經決定和廣太解除婚約。當時她們約定，不要怨恨彼此。

「是妳主動聯絡他嗎?」

「是他來找我的，一直追到里澤溫泉，」美雪放鬆了臉上的表情苦笑著說：「還理了一個大光頭。」

「啊，光頭……」

桃實一臉驚訝，美雪向她說明了詳細的來龍去脈。廣太打聽到美雪和同事一起去滑雪旅行，認為是最後的機會，於是就去滑雪場找她。

「看到廣太頂著發青的光頭跪在我面前，我就覺得好像可以原諒他一次。」美雪露出辯解的表情說道。

「是喔，原來是這樣。」

「對不起。」

「啊？妳為什麼要道歉？我很高興看到這樣的結局，我也鬆了一口氣。」

桃實並沒有說謊。她對廣太已經完全沒有感覺了，現在甚至有點想不起他長什麼樣子，她反而更在意美雪。雖然整件事並不是她的過錯，但他們當初因為自己而解除婚約也是事實。

「聽到妳這麼說，我也鬆了一口氣。」美雪重重地吐了一口氣，把茶杯舉到嘴邊。

桃實也喝著紅茶，覺得原來美雪也無法忘記廣太，否則不可能因為廣太理了光頭下跪，就這樣輕易原諒他。頭髮很快就會長出來，更何況男人只要外遇一次，即使之後被多次發現，仍然很難悔改。桃實猶豫了一下，不知道該不該提醒美雪，但最後還是沒有說出口。因為她可不希望美雪以為自己在嫉妒。

之後，她們聊了彼此的近況。美雪將在月底辭職，重拾之前的建築相關工作。因為一旦日後懷孕，建築業的工作在時間上比較能夠通融。

「桃實，妳有沒有遇到好對象？」當該聊的都聊完後，美雪問道。也許她內心一直很猶豫，不知道該不該這麼問。

「遲遲沒有機會遇到，最近也很少有人邀我去參加聯誼了。」

桃實想起，遇到廣太的那次，似乎是最後一次聯誼。

「那妳看看這個。」美雪說完，從旁邊的皮包裡拿出一張紙。那好像是一張廣告單。

桃實接過來看了一眼，「滑雪聯誼？」

「剛才我同事給我的。主辦人是我同事的朋友，正在募集參加者，妳可能沒興趣吧？」

「是喔。」

廣告單上寫著「滑雪場是結緣的天堂，藉由滑雪，尋覓新的戀愛對象」。滑雪聯誼似乎是在滑雪場進行聯誼。

桃實看到地點，忍不住「啊！」地驚叫了一聲。

「怎麼了？」美雪問。

桃實指著廣告單說：「地點在里澤溫泉滑雪場。」

美雪倒吸了一口氣。

「原來是這樣啊，對不起，我沒有仔細看。妳一定覺得不舒服吧？扔了吧。」

桃實苦笑著，把廣告單折了起來，「很有趣，我收下了。」

「我不是故意的。」

「我知道。況且我對那個滑雪場也沒有陰影。」

「那就好。」

她們約好改天再相約見面，而且下次要一起喝酒後，站了起來。美雪說，今天她請客，桃實在收銀台向她道別後，走向飯店的大門。

❄ 2 ❄

里澤溫泉滑雪場。時間是將近上午十點。

來到集合地點的吊椅纜車站，看到寫著「滑雪聯誼參加者報到處」的牌子。旁邊的櫃檯似乎就是報到處，報到處前已經有不少人在排隊。

「我竟然真的來參加了。都一把年紀了，還這麼勇敢。」桃實看著隊伍說道。

「別說這種掃興的話，是妳說要趕走衰運，要我陪妳來參加的，所以要稍微展現一下積極的態度。」山本彌生在一旁埋怨，她是桃實的同事。

「我說了好幾次，我是借酒壯膽後報名參加的，當時真的喝醉了。」

「既然已經來了，就好好玩一下。走吧走吧！」彌生率先走了過去。

在報名處辦完手續後，領到了纜車券和成為滑雪聯誼參加者標誌的吊椅纜車券票夾。

「好興奮喔，好久沒有體會這種感覺了。」彌生把票夾戴在手腕上時說。

「不知道都是哪些人來參加，不過，我也沒有抱太大的期待。」桃實巡視著周圍那些看起來像是參加者的人。

所有人都穿著滑雪裝，所以看不出體型，而且因為戴著滑雪鏡和圍脖，幾乎都遮住了臉。雖然桃實她們也一樣，但她覺得這簡直就像是假面舞會。

她正在想這些事時，聽到了擴音器打開電源的聲音。不一會兒，一個拿著麥克風的男人不知道從哪裡走了出來。

「各位早安，歡迎參加滑雪聯誼的朋友們來到里澤溫泉。為了今天這個大日子，我們準備了豐富的雪。雪況超棒，天氣也超棒，那各位的心情呢？」主持人突然興奮地把麥克風遞向參加者。

「超棒。」不知道哪裡傳來一個略帶遲疑的聲音。主持人皺著眉頭。

「你們怎麼都無精打采？這樣怎麼可能遇到理想的對象呢？再來一次，拜託各位打起精神。雪況超棒，天氣也超棒，那各位的心情呢？」

「超棒。」這次比剛才稍微多了幾個人回答。

「還不夠，再來一次。里澤溫泉，雪況超棒，天氣也超棒，各位參加滑雪聯誼者的心情呢？」

「超棒！」響亮的聲音中夾雜著大叫聲，主持人似乎也很滿意，用力點了點頭。

真傷腦筋，果然是這種感覺。桃實在內心有點洩氣。她漸漸不想參加這種活動的原因之一，就是對這種受到主持者擺布的感覺感到厭倦。年輕時，倒是完全不曾排斥。

主持人簡單介紹了今天的流程後，開始介紹滑雪聯誼的規則，但並不是什麼重要的內容，只是要求大家遵守滑雪場的規定；發現中意的對象後，不要猶豫，立刻主動出擊；即使遭到拒絕，也不要因此討厭滑雪。他說話頗能逗人發笑。

「請各位盡情享受美好的一天。」主持人說完這句話就轉身離開了。

幾名工作人員出現後，帶著參加者前往吊椅纜車站。大家都要先去山麓的家庭滑雪區。里澤溫泉滑雪場的賣點之一，就是可以搭乘箱形纜車，長距離滑雪，但因為這次是滑雪聯誼，為了避免參加者分散，所以限制了滑雪區域。

參加者在纜車前排隊時，男生和女生分別排成兩隊。男女都是兩人一組一起搭纜車，主辦單位會安排兩男兩女搭乘四人坐的吊椅纜車。

輪到桃實她們了，和她們搭乘同一輛纜車的兩個男人鞠了一躬，說了聲：「請多關照。」他們都是單板滑雪客。桃實和彌生也回答說：「請多關照。」

坐上纜車後，坐在桃實旁邊的男生問：「妳們是從哪裡來的？」

「東京。」桃實回答。

「啊，原來一樣。我們也是從東京來的。妳們第一次參加滑雪聯誼嗎？」

「是啊，你們之前參加過嗎？」

「我們也是第一次，有點搞不太清楚。可以先自我介紹嗎？」

「好啊。」

兩個男人開始自我介紹。他們在事務機器製造商任職，兩個人是同事。聽到他們才二十五歲，忍不住有點失望。原來他們這麼年輕。

當他們介紹完畢後，桃實和彌生也不得不自我介紹。在介紹職業之後，猶豫了一下，說出了三十歲的真實年齡。因為她事先和彌生決定，絕對不要隱瞞年齡。

「啊，是這樣啊。」兩個男生聽完之後，雖然回答的語氣很平靜，但可以充分感受到他們的失望。他們可能覺得出師不利。

但是，在搭纜車時無法換人。兩個男生似乎決定聽天由命，主動聊了不少話題。之前去過哪些滑雪場？覺得哪裡最棒？——都是一些無關痛癢的問題，完全不問她們喜歡哪種類型的男生。可能覺得根本沒必要問。

纜車終於抵達了終點。桃實她們在穿固定器時，已經穿好的兩個男生在一旁等待。他們似乎打算先一起滑。

「那就出發吧。」他們看到桃實她們直起身體後，立刻滑了起來。

他們的親切也到此為止。雖然他們不時停下來等桃實和彌生，但視線始終看向周圍，尋找是否有出色的女生。桃實忍不住冷笑。每個人都穿著滑雪衣，戴著雪鏡，根本難以分辨年齡。

而且，他們喜歡在纜車旁滑行。雖然滑雪的技術並不是很出色，但似乎想要在搭纜車的女生面前展現自己的滑雪技術。看到他們在緩和的斜坡上表演特技摔倒時，桃實忍不住在心裡罵他們活該。

來到吊椅纜車站時，發現情況和剛才有點不太一樣。纜車站內豎著牌子，分成「和剛才的人一起搭乘」和「希望換人」兩個隊伍。

「兩位姊姊，那就有緣再相見囉！」其中一個男生說完，走向「換人」的男生隊伍。

「什麼意思啊？為什麼叫我們姊姊？」桃實很生氣。

「那也沒辦法啊，我們的年紀的確比他們大。不要生氣，我們也來這裡排隊。」桃實在彌生的安撫下，再度排在隊伍後面。

接著，她們和兩個單板滑雪客的男生搭同一輛纜車。兩個人的年齡都三十六、七歲這一點很不錯，但一直叫她們拿下雪鏡，讓人很受不了。

「妳們不覺得沒看臉就聊天很浪費時間嗎？與其等到拿下雪鏡時大失所望，還不如先相互看清楚彼此的長相。」

「但是，主持人說，在走進派對會場之前，盡可能不要拿下雪鏡。」

「他只是說盡可能，而且只要雙方都同意就沒問題。那我們先拿下雪鏡，妳們再決定要不要拿下來。」那個男人說完，立刻把雪鏡往上推。他身旁的男人也一樣。兩個人都展露了笑容，好像在問：「妳們覺得如何？」

難怪他們要求先看相貌。桃實暗想到。兩個男人的長相都很端正，應該很有自信，但為什麼不留到派對時再揭曉呢？難道他們沒有想到現在就急著露臉的輕浮會毀了一切嗎？

「我們會等到派對時再露臉。」桃實忍不住用冷淡的聲音回答。

和這兩個男人之間當然也就沒有下文了。桃實和彌生再度去「換人」的隊伍排隊。

之後又和幾組男人一起滑雪，但彼此的波長都不合，一直都在「換人」的隊伍排隊。

不知道在第幾次時，遇到了那兩個男人。他們都是單板滑雪客，其中一人穿著藍色滑雪衣，另一個人穿著灰色滑雪衣。

「欸、欸，我可以叫妳螃蟹小姐嗎？」一搭上纜車，藍色滑雪衣的男人就問桃實。

「啊？為什麼？」

「因為妳滑雪的時候兩隻手不是會這樣舉起來嗎？看起來很像螃蟹舉著螯

足。」他彎著手肘，把雙手舉到肩膀的高度說道。

坐在桃實旁邊的彌生噗哧一聲笑了起來。

「啊？有嗎？你有看到嗎？」

「剛才我和他在下面看到時，還告訴他，有一隻螃蟹滑過來了。妳的滑雪衣和手套剛好是紅色，再加上那個動作，怎麼可能不聯想到螃蟹呢？」

「都是他在說，我只是聽而已。」另一個男人說。

「啊？有這樣嗎？我真的是這樣滑的嗎？」桃實問身旁的彌生。

「有，真的有。啊哈哈哈，原來是螃蟹。」

「請問螃蟹小姐的尊姓大名？如果妳不告訴我，那在結束之前，我都要叫妳螃蟹小姐。」

「不要。我姓火野。」

「原來是火野小姐。嗯，火野小姐聽起來和螃蟹小姐差不多，真想繼續叫妳螃蟹小姐。」

「好過分。」

「而且，他姓日田，」他用大拇指指著身旁的男生，「火野（Hino）和日田

（Hida）的發音很相似，所以還是叫名字比較好，妳叫什麼名字？」

「我叫桃實。」

「桃實。真是個好名字，比螃蟹小姐好聽多了。等一下，螃蟹和桃子，好像有一個關於螃蟹和桃子的民間故事。螃蟹種了一棵桃樹，結果猴子搶走了桃子……」

「那不是桃子，是柿子。」另一個男人吐槽說，「是猴蟹大戰。」

「喔，原來是這樣，猴蟹大戰中搶的是柿子啊，那就來請教一下坐在螃蟹小姐對面的猴子小姐叫什麼名字？」

「啊？我嗎？」彌生突然被點到名，有點驚慌失措。

「除了妳以外，還會有誰？如果妳不說，那到結束之前，我都要叫妳猴子小姐。」

「啊，不行不行，我叫山本彌生。」

「彌生小姐，好，我記住了。」

藍色滑雪衣的男人自我介紹說，他姓水城，另一個人姓日田。

桃實聽到他們竟然和美雪在同一家飯店工作，不禁驚訝不已。他們說，是飯店的前輩告訴他們有滑雪聯誼的活動，所以他們決定來參加。

桃實恍然大悟。她是看了美雪給她的廣告單，知道有這個活動。美雪說，那張廣告單是同事給她的，那個同事應該就是水城他們的前輩。

桃實有點猶豫，不知道該不該提美雪的事，最後決定不要說。因為當他們問到怎麼會和高中同學重逢時，自己不願意說謊，更不可能說出被同一個男人劈腿這種事。

得知桃實和彌生是百貨公司化妝品區的專櫃小姐後，水城頓時興奮起來。

「那妳們絕對是化妝專家，這下子慘了。原本就會因為滑雪場魔法，無法作出正確的判斷，再加上妳們專家級的化妝，根本無法瞭解妳們的真面目。哇，怎麼會這樣？對妳們來說，迷惑我們是不是易如反掌？妳們這種專家級的滑雪場魔法師混進來沒問題嗎？啊，還是說，妳們是暗樁？是主辦單位僱用的人？」

「請你不要一直把專家、專家掛在嘴上，我們只是普通人。」桃實說。

「不不不，真讓人期待啊。沒想到這麼快就讓我期待之後的派對了。不知道妳們誰的化妝技巧更厲害。」

「太可怕了，我想要逃走。」彌生輕聲說。

「那可不行，我記住了妳們的滑雪衣。」

水城的話術很高明，搭上纜車幾分鐘後，就直接叫桃實和彌生的名字，成功營造了愉快聊天的氣氛。

下了纜車後，四個人穿上固定器滑了起來。水城和日田都是滑雪高手，尤其日田喜歡飆速，轉眼之間就不見了。彌生緊跟在他的身後。

水城中途停下來等桃實。

「啊哈哈哈，妳的姿勢果然像螃蟹。」他拍著手大笑起來。

「啊？有嗎？」桃實微微偏著頭。

「妳雙手微微張開沒問題，但手心向上，姿勢就會變得很奇怪。妳試試手心朝下，姿勢就會很漂亮，而且滑起來也更順暢。」

「像這樣嗎？」

「沒錯沒錯，妳維持這個姿勢滑看看。」

桃實按照他說的方式試了一下，雖然有點彆扭，但滑起來似乎更穩了。

「很好，很好。」水城追了上來，「螃蟹小姐畢業了，妳很會滑，所以要注意姿勢。」

「不，我不太會滑。」

「妳算滑得很不錯，重心都可以控制在滑雪板上，這很重要。好，那我們就一口氣滑下去。」水城說完，一路滑了下去。

任何人被稱讚都不可能不高興，桃實也輕快地跳了起來，立刻追了上去。

來到纜車站時，日田和彌生已經在那裡等他們。水城走向日田，說了幾句之後，走回桃實她們身旁。

「那個……我們不想換人，不知道兩位意下如何？如果想要物色其他好男人，那我們也只能放棄。」他一改剛才的態度，一本正經說話的樣子很好笑。

桃實和彌生相互點了點頭，回答說：「我們很樂意。」

「這就對了嘛。」水城雙手做出勝利的姿勢。「好，那我要來好好秀一下特地為今天準備的話題。」他單腳滑向纜車搭乘處。

桃實跟在他們身後，覺得終於抽到了好籤。

❄ 3 ❄

之後，桃實和彌生在結束之前，都沒有換人，一直和水城他們一起滑雪。中午過後，所有參加者都前往派對會場。

會場就在滑雪中心的休息室內，但桃實和彌生去那裡之前，先走去化妝室。當然是為了補妝。

化妝室內擠滿了同樣在補妝的女生。洗手台的鏡子前，有一整排表情嚴肅，正在補妝的臉。桃實不經意地打量了所有人，有將近一半的女生不到二十五歲，她很擔心和這些年輕女生在一起時，男生會怎麼看自己這個三十歲的女人。她對彌生說了這件事，彌生回答說：「這種事，想了也沒有用。對了，妳覺得那兩個人怎麼樣？」

「妳是說那兩個在飯店工作的人嗎？」

「當然啊，我覺得他們不錯。」

「我也覺得不錯，很健談，待人也很親切。」

「水城很有趣，而且我覺得他的長相應該不錯。鼻子很挺，下巴的形狀也很好看。」

桃實也有同感。由於平時在工作上經常接觸別人的臉，所以在這方面比較敏銳。

「妳覺得那個叫日田的人怎麼樣？」

彌生聽了桃實的問題，微微偏著頭想了一下。

「沒有太多印象。因為他很少說話，所以也不太瞭解。在纜車上時，也只是吐槽水城，或是附和而已。」

「但是，妳不是和他一起滑雪嗎？」

「因為妳和水城一起滑，我只是不得已。日田滑雪技術很好，但都一個人向前衝，根本不在意我，真搞不懂他來這裡幹嘛。」

「會不會是因為水城邀他，他才一起來參加，對女生根本沒興趣？」

「有道理，一定是這樣，但水城顯然在追妳。」

「現在還不知道啦。搞不好看到我的臉，會感到很失望。」

「不，應該不可能，但也無法保證。」

「不知道他們看到我們拿下雪鏡之後會說什麼。」

「搞不好根本沒有人理我們。」

「如果這麼悽慘，我們就趕快離開會場，再去滑雪。」

「嗯，就這麼辦，就這麼辦。」

她們帶著期待和不安走進了會場。會場內有一些四人座的桌子，已經有不少參加者坐在那裡。

桃實和彌生穿著滑雪衣站在會場入口，一個男人跑了過來。他脫下了上衣，但從滑雪褲的顏色知道，他就是水城。

「火野桃實小姐、山本彌生小姐，請跟我來，已經為兩位準備好座位了。」他說話的聲音也很熟悉。

水城不愧是在飯店工作，為她們帶位的動作很熟練，他的相貌更讓桃實臉紅心跳。雖然是單眼皮，但一雙眼睛很明亮清澈，完全是她喜歡的類型，忍不住擔心不知道他看到自己的臉之後有什麼感想。

水城的衣著品味也不差。他穿了一件黃色T恤，外面套了一件格子襯衫，當然沒有把襯衫的下襬塞進褲腰。不知道是否因為工作的關係，他剪了一頭俐落的短髮，這個髮型也很適合他。

桃實和彌生跟著他走到桌子前，坐在桌旁的男人猛然站了起來。雖然完全不認識他，但從目前的狀況判斷，應該就是日田。桃實甚至不記得日田的滑雪褲是什麼顏色。

「來，請坐，請坐。」

水城催促著，桃實和彌生脫了上衣後坐了下來。

在桌子前面對面坐下後，水城輪流打量著桃實和彌生。

「不好意思，」水城鞠了一躬，「雖然我早就有了心理準備，但兩位果然是專家，是職業級的滑雪場魔法師，在我這種外行人的眼中，兩位看起來根本就是如假包換的美女。請原諒我，來來來，你也一起來道歉。」說完，他按著一旁日田的頭。

「啊哈哈哈。」彌生笑了起來。

「『看起來根本就是如假包換的美女』這句話聽起來好像是批評，但我可以當作是在抬舉我們嗎？」

水城抬起頭，露出爽朗的笑容。

「雖然有點誇大，但希望妳們可以相信我的話。話說回來，妳們的化妝技術固然很好，但本身的底子就很不錯。」他說話時，再度恢復了輕鬆的語氣，卻很自然地稱讚她們，讓人不得不佩服。

他的口才真好，一定交過不少女朋友。桃實雖然這麼想，還是忍不住被水城吸引。

會場提供了自助式的輕食和飲料，水城和日田為她們端到桌上。

喝了點酒之後，水城更加健談了。他除了自己發表意見，還巧妙地引導桃實和彌生說話。桃實和彌生只是隨意分享了工作上無關緊要的小事，他卻聽得津津有味，最後還做出了有趣的結論，讓她們以為自己也很擅長聊天。

聊了將近一個小時後，水城的態度出現了微妙的變化。他不斷追問彌生的事，而且原本坐在桃實對面，不知道什麼時候和日田換了座位。

「彌生，原來妳喜歡四季劇團。我也看了他們不少劇目，最喜歡的就是《貓》。」

「我也很喜歡《貓》，但最喜歡的應該還是《歌劇魅影》。」

「那是他們最拿手的劇目，其實隱藏版的拿手好劇應該是《Over The Century》。」

「啊？我不知道有這個劇目。」

「我就知道。因為這個劇目很少上演，裡面的舞蹈超讚的。」水城和彌生熱烈討論著桃實完全無法插嘴的話題。

水城對自己失去了興趣。桃實忍不住想。正如彌生所說，水城起初顯然鎖定了桃實，但現在他似乎對彌生產生了興趣。這也難怪，因為彌生也很漂亮。

「請問，」日田問桃實，「妳喜歡美足嗎？」

「美足？」

「就是美式足球，像是ＮＦＬ之類的。」

「喔……不，我不太熟。」

不是不太熟，而是完全不瞭解。

「是嗎？但是今年的超級盃很有趣，在剩下十秒的時候，原本落後的球隊追上了七分的比分，而且還成功地完成逆轉勝的短踢。」

即使桃實完全沒有興趣，日田仍然口沫橫飛地向她介紹，但她聽了也一知半解。

「我錄了DVD，隨時都可以借給妳看。」日田最後這麼對桃實說。

「謝謝你。」桃實回答，但心裡忍不住咒罵，這個人腦筋有問題嗎？

水城和彌生仍然在討論音樂劇，似乎無意改變話題。

桃實無可奈何，只好把視線移回日田身上。他和水城不同，似乎不打算整理一下被安全帽壓扁的頭髮。他的劉海都黏在額頭上，難道他不會覺得不舒服嗎？

「呃？怎麼了嗎？」日田問。

「沒事……我只是覺得你裡面那件衣服很厲害。」

桃實仔細觀察後，發現他裡面穿了一件兼具保護作用的衣服，凹凸不平的保護墊穿在身上應該很不舒服。

「妳說這個嗎？滑雪的時候，如果不穿上這個，就無法放手去滑。我還有兩件這種衣服，不同的顏色。」日田得意地說。

桃實覺得來參加滑雪聯誼，根本沒必要這樣全副武裝，但還是敷衍地說：「好厲害。」對日田來說，盡情滑雪應該是首要目的，認識女生這種事根本不重要。

自由聊天時間很快就結束了，在活動開始時出現的男主持人拿著麥克風再度現身，說接下來開始玩遊戲。主持人簡單說明了遊戲規則，說白了，就是猜拳大賽。男女一組，和其他組對決。男生和男生，女生和女生依次猜拳，先贏兩次的那一組獲勝。

桃實和日田一組。水城當然邀彌生和他同組。

「好，我們要加油。」日田轉動著肩膀，拚勁十足地說。

猜拳比賽開始了。桃實他們和旁邊那一對比賽，輕而易舉地連勝兩次。雖然桃實內心很希望趕快輸，卻無法如願。

在主持人的指示下，第二輪比賽開始了。桃實他們又贏了。水城他們輸了，正坐在椅子上。

接著進行了第三輪比賽，竟然又贏了。桃實發現目前只剩下四組人，如果再贏一次，就要進入決賽了。自己一點都不想在這種時候出風頭，而且又是這種搭檔——

幸好在下一輪比賽落敗了。桃實鬆了一口氣，但日田似乎很不甘心，一直懊惱地嘀嘀咕咕，在出拳之前想要出剪刀，為什麼臨時改變主意。
我和這個人合不來。桃實再度認識到這一點。
猜拳比賽結束後，參加者再度來到滑雪場上滑雪。和上午一樣，桃實、彌生、水城和日田一起滑雪，但桃實的心情已經和上午大不相同。在纜車上和水城聊天時，也不再覺得有趣。
下了纜車之後，水城和彌生立刻感情融洽地滑走了，日田在雪地上飆速，桃實自顧自地慢慢滑雪。

4

「命運的一刻終於來到了。各位作好心理準備了嗎？如果有人還沒有準備好，請告訴我，我會為你加油打氣。」主持人精神抖擻地說完，巡視著會場。
桃實和其他參加者都聚集在舉行派對的休息室，男女各三十二名面對面排成兩排，中間隔了很遠的距離。
「沒有人吧？各位都沒問題吧？好，那我們就進入告白時間。等一下會有人拿著裝了玫瑰花的籃子走過男生面前，如果男生有中意的女生，可以從籃子裡拿一枝玫瑰，走到自己中意的女生面前告白。如果還有其他男生也打算向同一個女生告白，就要先說『等一下』，然後從籃子裡拿一枝玫瑰，站在第一個男生旁邊。女生如果願意接受告白，就接過玫瑰；否則就要對男生說：『很抱歉。』這樣大家都瞭解了嗎？」

拿著籃子的女性工作人員走向男生的隊伍。第一個男生搖了搖頭，第二個男生也沒有伸手拿玫瑰。

「怎麼了？怎麼了？是害怕遭到拒絕嗎？這樣怎麼能抓住幸福呢？請各位鼓起勇氣。」主持人激勵著男生。

第三個男生毫不猶豫地拿起玫瑰。

「喔！」周圍響起一陣歡呼。

「太棒了，太棒了！」主持人也鼓譟著。

那個男生毫不猶豫地走到一個女生面前。照理說，那個女生應該隱約感覺到男生會向自己告白，她臉上的驚訝表情應該是裝出來的。

「拜託了。」男生遞上玫瑰。女生停頓了一拍後回答：「好。」收下了玫瑰。

「哇噢，第一對情侶誕生了，恭喜兩位！」主持人宣布的同時，會場內響起掌聲。桃實也為他們鼓掌。

告白時間繼續進行。有情侶誕生，也有男生遭到拒絕，有時候還會聽到有人喊「等一下」。最後，拿著玫瑰花籃子的工作人員終於走向水城他們。

日田拿起玫瑰，一臉嚴肅地走到桃實面前。

桃實難以置信。很想對他說，你不是根本不在意女生嗎？你根本不瞭解什麼是滑雪聯誼吧？如果瞭解的話，就應該更用心點，不要聊什麼美式足球——

日田站在桃實面前，他的雙眼通紅。桃實瞥了水城一眼。原本還期待他會說「等一下」，沒想到他只是站在原地傻笑。

「火野桃實小姐，請妳接受我。」日田伸出雙手，遞上了玫瑰。

桃實內心沒有絲毫的猶豫。

「很抱歉。」她鞠躬回答。

「啊啊。」周圍傳來無力的笑聲。

日田垂頭喪氣地走回水城身旁。水城沒有伸手拿籃子裡的玫瑰。

「真沒勁。難得的假日，讓妳陪我來參加這麼奇怪的活動。」桃實在回東京的新幹線上向彌生道歉。

「我覺得很好玩啊，而且幸好有人向妳告白。我們特地來參加，完全沒有男生把我們放在眼裡的話，就未免太慘了。」

「問題是告白的人是日田。」

「妳就別挑剔了，倒是想想我，根本沒有人向我告白。」

「我還以為水城絕對會向妳告白。」

「不可能，水城說，他這次是徹底當陪客。」

彌生輕輕搖了搖頭。

「陪客？」

「日田的陪客。詳細情況我也不是很清楚，好像他最近大失戀，水城為了安慰他，邀他一起來參加這次滑雪聯誼，所以他說，如果日田有中意的女生，他會全力撮合。水城後來不是突然很少和妳聊天嗎？他好像發現日田對妳有意思，才故意不和妳說話。」

「……原來是這樣。」

彌生呵呵笑了起來。

「水城還在抱怨說，好不容易為日田創造了機會，那傢伙實在太不會和女生相處了，真傷腦筋，還對他一直聊美式足球和超級盃這種女生完全沒有興趣的話題感到生氣。」

「原來他聽到了我們的談話內容。」

原本以為水城和彌生熱烈討論音樂劇，沒想到他隨時注意朋友的動向。

「水城這個人真不錯。」桃實忍不住說道。

「嗯，但要特別小心這個人。他絕對有女朋友，而且他和日田完全相反，很懂得和女人打交道，和他在一起，恐怕會受傷。」彌生說完，從皮包裡拿出兩張紙，「臨別時，水城送了這個給我。」

桃實接過一張，那是水城任職的那家飯店的免費午餐餐券。

「他說希望我們一起去，不必在意沒有接受日田的告白這件事，水城說，那傢伙很快就沒事了。」

「是喔。」

如果日田有水城一半的細心，結果或許會不一樣。桃實看著餐券，忍不住想道。

5

四月初，桃實和彌生帶著餐券，踏進了飯店的大門。雖然原本打算更早去，但因為距離她們的職場有點遠，所以就一拖再拖，最後發現有效期限快過了，才慌忙相約來這裡用餐。

走在飯店的大廳內，桃實有一種奇妙的感覺。上個月和美雪在這裡見了面，卻好像是很久以前的事。如果當時美雪沒有拿滑雪聯誼的廣告單給自己，自己今天也不會來這裡。而且，美雪現在也已經不在這裡工作了。

她們事先上網查了這家飯店有哪幾家餐廳，和彌生討論之後，決定來吃日本料理。日本料理餐廳在四樓，所以她們搭了電梯。

來到餐廳門口，看到門口放著午餐的菜單。她們確認菜單的內容和網路上看到的相同之後，走進了餐廳。

「歡迎光臨。」站在收銀台旁的黑衣男子迎上前來。

「請問這裡可以使用嗎？」彌生遞上餐券。

「可以借我看一下嗎？」

「好啊。」彌生把餐券遞給他。

他看了一眼後點了點頭。

「當然可以使用，今天的餐點是——」他一口氣說到這裡，突然停頓下來，「兩位是……？」

這時，桃實看了他的臉，覺得並不認識這個人，但又好像在哪裡看過這張臉。

「啊！」彌生叫了起來，「是日田？」

「對。」男子笑著點了點頭。

「是山本小姐和火野小姐吧？上次恕我失禮了。」他鞠躬說道。

桃實說不出話。眼前這名男子的確是日田，但和當時判若兩人，不光是因為穿著黑色西裝和頭髮梳理得很整齊的關係。

「這兩張餐券是水城給妳們的吧？」日田問。他說話的語氣平靜，口齒清晰，也和上次完全不同。

「是啊。」彌生回答，聲音中難掩興奮。

「歡迎妳們來用餐，我馬上為兩位帶位。請跟我來。」他微微偏著頭，伸出右手指向店內。不經意的動作也顯得風度翩翩。

她們跟著日田來到餐桌旁坐了下來。

「這是午餐的菜單，是否先喝點飲料？」日田說完，微微彎下身體，壓低聲音說：「如果不嫌棄，我想請兩位喝香檳。如果妳們不想喝酒，我可以改請其他飲料。」

彌生用眼神向桃實發問，桃實點了點頭，表示沒問題。

「那就拜託了。」彌生回答。

「好的。」日田行了一禮，轉身離開了。

桃實目不轉睛地看著他英姿煥發地走在店內的身影，完全無法想像和上次那個神經大條的笨拙男人是同一個人。

「小桃，」彌生叫著她，「太驚訝了。」

「嗯，」桃實點了點頭，「我也嚇到了。」

「真是天壤之別啊。」

「沒錯。」桃實再度尋找日田的身影。

她想起了「滑雪場魔法」這個字眼，是指在滑雪場遇到的異性，往往比平時出色好幾成。因為雪鏡遮住了臉，滑雪衣褲掩飾了身材，而且容易被高超的滑雪技巧迷惑。在雪地中得到幫助或是獲得善待，也容易動心。

但是，日田的情況完全相反。在滑雪場上時，他身為異性的魅力減少了一半，成為別人眼中的怪胎。這種情況或許可以稱為「反滑雪場魔法」。

「小桃、小桃，」彌生再度小聲叫著她，「妳的眼睛都冒出愛心了。」

「啊？」桃實倒吸了一口氣，按著胸口。

日田走了回來，把兩個香檳杯放在桃實和彌生面前，動作熟練地為她們倒香檳。桃實無法正視他的臉。

看著在杯子中跳躍的小氣泡，桃實產生了好像有什麼事情快發生的預感。

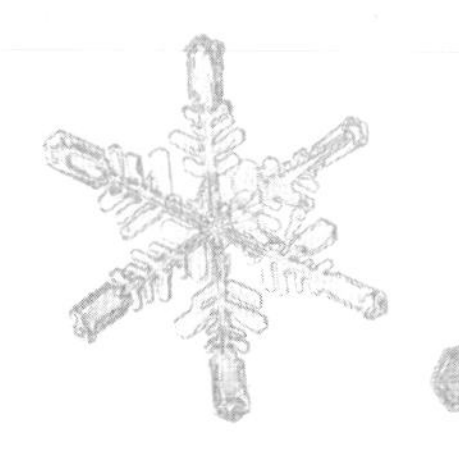

雙板滑雪之家

1

下了高速公路後，在普通道路上開了三十分鐘左右，開始下起了大雪。雖然已經是三月，但豪雪地區隨時可能下大雪，所以絲毫不能大意。月村春紀放慢了車速，小心翼翼地握著方向盤。前方有一輛鏟雪車，他確認了對向車道，趁對向車道無車時超了車，然後又駛回原來的車道。雖然輪胎稍微打滑了一下，但完全不必緊張。

「喔！」坐在後車座的土屋徹朗叫了一聲，「真厲害啊，不愧是在雪國長大的孩子，很習慣在積雪的路上開車。」

「也沒有啦。」

月村的故鄉福島縣的確有很多雪山，但他老家在平地，所以並不算是在雪國長大，只不過他並沒有詳細說明這些情況。他是因為其他原因，才習慣在積雪的路上開車，可是不能在岳父面前提這件事。

「你在雪國長大，竟然不滑雪，實在太罕見了。我以前曾經聽說，在雪國的小孩子上體育課，都會帶去滑雪。」徹朗似乎對這件事難以釋懷。

「爸爸，你怎麼又在問這件事？春紀之前不是已經向你解釋了好幾次嗎？你到底要問幾次才夠啊。」坐在副駕駛座上的麻穗不悅地說，「春紀，對不起，你專心開車，不必理我爸。」

「我沒關係啦。我之前也說過，因為附近沒有滑雪場，沒辦法上滑雪課，所以也就沒機會滑雪……」

「是這樣啊，太可惜了。如果是我，可能每個週末都會開車去滑雪。」

「我拿到駕照時，已經來東京了。」

「所以，你只有回老家時，才會在積雪的路上開車嗎？」

「嗯，差不多是這樣。」

「以前和你爸媽聊天時，他們曾經說，你向來很少回老家，每年只回去一次，就可以開得這麼好嗎？」

「雖然我每年才回去一次，但每次回去，他們就會叫我去買東西，差遣我做很多事。」

月村的解釋越來越牽強，內心很希望趕快結束這個話題。

「是喔。」徹朗應了一聲，「你畢竟是在雪國長大的，所以對雪很熟悉，只要少許的經驗，就可以掌握在雪地開車的訣竅。嗯，一定就是這麼一回事。」他用這番話說服了自己。

如果出聲附和，繼續討論這個話題就麻煩了。月村沒有吭氣。

「幸好春紀開車，老公，你以後總算可以輕鬆了。」坐在後車座的另一個人，也就是月村的岳母小百合說。

「對，那倒是，真的輕鬆多了。以前開四、五個小時的車也沒問題，現在畢竟上了年紀，越來越累了。」

「去年我們一起去時，你還說，明年要改搭新幹線。」

「是啊，如果只有我們兩個人，搭新幹線也無妨，四個人就不一樣了，搭新幹線太浪費錢了。而且，既然去滑雪，當然要大家一起開車去才有味道。更何況這樣也比較省錢，又不必一直轉車，最重要的是全家人一起玩很開心。我們家就是為了這個原因，所以每次換車時，都會買四輪驅動的車子。真的多虧你幫忙開車，雖然你可能覺得很麻煩。」

「不，沒這回事，我很高興能夠發揮點作用。」

「雖然不能說是回饋，滑雪的事，你就不必擔心了，我會從基礎開始教起。不用擔心，別看我這樣，我對教別人滑雪還有點自信。我教的好幾個人通過了檢定考試。」

「真厲害，那等一下就拜託了。」月村在說話時盡可能帶著起伏，避免聽起來像在背台詞。

「只不過，」徹朗用憂鬱的聲音說，「里澤溫泉有點那個……」

「你還在說，真的很囉唆。」小百合很受不了地說，「我勸你趕快面對現實，有什麼辦法呢？訂不到飯店啊。」

「嗯，沒想到這個季節的飯店還這麼難訂，早知道應該提早預約，太失策了。」

「里澤溫泉也很好啊，聽說是很不錯的滑雪場。」

「我知道，很多年前，我曾經去過一次。滑雪場很大，也有各種不同的雪道，只不過……」

徹朗一臉不悅，因為他原本打算去其他滑雪場。那個滑雪場有他們即將前往的里澤溫泉滑雪場所沒有的重大特色。

那個滑雪場內有雙板滑雪的專用雪道，禁止單板滑雪。

「爸爸，你再這麼堅持，不久之後，就沒地方讓你滑雪了，」麻穗冷冷地說，「我勸你還是早點放棄吧。」

徹朗用力咂著嘴。

「你們不覺得很奇怪嗎？滑雪場就應該以雙板滑雪為優先，是為了讓大家享受雙板滑雪的樂趣建造的，卻讓那些奇怪的傢伙在滑雪場上橫行霸道。即使經營再怎麼困難，也太沒有節操了，至少應該限制那些人滑雪的區域，那些人不知道造成我們這些雙板滑雪客多大的困擾。」

「又來了。」麻穗沮喪地嘟囔著。

「麻穗，妳以前不是也被那些人撞到嗎？」

「又要提這些陳年往事了……而且那次是我不對，我自己滑到別人後方。」

「不，沒這回事。妳很守規矩，是對方想要從妳面前衝過去。我從頭到尾都看得很清楚。」

「這也沒辦法啊，因為單板滑雪客在背轉時很難看到後方。是我沒有考慮到這一點，所以才會被撞到。」

「考慮？為什麼我們要顧慮他們？」

「爸爸，你不是經常對我說，在滑雪場上，也要隨時注意其他人嗎？」

「那是指對方是雙板滑雪客的情況，沒必要顧慮那些單板滑雪客。」
「啊？這樣也太蠻橫了。」
「麻穗，妳怎麼一直在袒護單板滑雪客？這是怎麼回事？妳該不會想要嘗試單板滑雪吧？」
「我是沒這麼想啦……」麻穗小聲回答。
「妳回答得不乾不脆。我有言在先，即使結了婚，也不能不遵守土屋家的家訓。」
「什麼家訓？太誇張了，還不是你自己訂出來的規矩。」
「訂家訓是家長的使命。土屋家的人只能玩雙板滑雪，絕對不能玩單板滑雪，妳不要忘記！」
「好、好，我知道了啦。」
「妳這是什麼態度？真的知道了嗎？春紀，你要好好監視她。我這個女兒，只要稍不留神，就想要做一些奇怪的事。即使她說要嘗試單板滑雪，也絕對不能同意。」
「我不是很瞭解，」月村舔著嘴唇，小心翼翼地開了口，「單板滑雪這麼不好嗎？」
「豈止是不好而已，簡直是罪大惡極，只有不良分子才會玩單板滑雪。」

「但奧運比賽中，不是也有單板滑雪項目嗎？」

「問題就在這裡，」徹朗皺著眉頭說，「怎麼可以承認那種東西是運動呢？那些半管什麼的，根本是雜耍，要的話可以去馬戲團玩那些花樣。」

但是，最近雙板滑雪也有半管項目。月村很想這麼說，最後還是忍住了。

「春紀，你可能不太瞭解，他們的服裝就讓人受不了，簡直就像流氓。我有言在先，如果你們生了孩子，我不會強迫他玩雙板滑雪，這件事可以由你們決定，但絕對不能讓孩子玩單板滑雪，你們千萬要記住這件事。」

「我會記住。」月村看著前方回答。前方出現了里澤溫泉滑雪場的標識。那是月村最喜歡的滑雪場，上個月也和同事一起來過。

只不過，他玩的是單板滑雪——

❄ 2 ❄

月村和麻穗在東京的一家觀光飯店工作，他們是同事。交往半年後決定結婚。麻穗的老家位在神奈川縣的藤澤，月村第一次上門拜訪之前，麻穗說，有一件重要的事要和他談一談。麻穗平時向來開朗活潑，是同事眼中的傻大姐，難得露出這麼嚴肅的表情，月村不禁有點不安起來。

麻穗口中的「重要事」，和她父親有關。

麻穗的父親熱愛雙板滑雪，每年的滑雪季節，都會去滑雪旅行將近十次。麻穗小時候，全家每年都會在冬天和春天一起去滑雪。也就是說，土屋家算是雙板滑雪之家。

月村聽了，忍不住有點驚訝。因為之前曾經聽麻穗說，她有雙板滑雪的經驗，完全沒想到是這樣的情況。月村曾經和她一起去滑雪過好幾次，但他們都是玩單板滑雪，只不過她的技術並不是很好。

麻穗告訴月村，其實她很擅長雙板滑雪。因為父親的從小教導，任何雪道都難不倒她，但因為同年代的朋友都玩單板滑雪，所以她也改玩單板滑雪。

「但是，」麻穗壓低聲音說，「我爸爸不知道我在玩單板滑雪。」

因為她父親痛恨單板滑雪。每次只要聊到單板滑雪，他就會大肆批評；當電視上出現單板滑雪的影像時，他會立刻轉台。

所以，麻穗希望月村不要提起自己熱愛單板滑雪這件事。

「不是說你以後不能玩單板滑雪，只要別讓我爸爸知道就好。反正我們並沒有和他們同住，爸爸不會知道，所以也不會有任何問題。」

月村同意她的意見。光是去見未婚妻的父親，就已經夠緊張了，沒必要特地提起會讓未來的岳父不高興的事。

不久之後，月村就去拜訪了麻穗的父母。如麻穗所說，她的父親徹朗一看就知道是個頑固的人，幸好他很喜歡月村。得知他在福島縣長大，立刻列舉了磐梯山和會津高原的滑雪場，問他有沒有去過。

月村當然去過那些滑雪場，但都是去那裡玩單板滑雪，所以在麻穗的父親面前只能回答說，他沒去過。

太可惜了。徹朗皺起了眉頭，然後問他，你不滑雪嗎？

月村回答說，幾乎沒試過。因為他知道徹朗說的「滑雪」是指雙板滑雪，他的確沒試過。

徹朗又說：「我相信你曾經聽麻穗說過，我們家是雙板滑雪之家，以前每年都會一起去滑雪旅行，所以，你要不要開始學？」

早知道當初應該明確拒絕，說自己不擅長運動，所以還是不學為妙。但畢竟是面對未來的岳父，態度不能太冷淡，於是脫口回答說：「好，如果有機會，我也很想學。」

一年之後，他為當初這句話感到後悔不已。他和麻穗結婚已經四個月，某天吃晚餐時，麻穗對他說，這下子麻煩大了。

「我爸爸把你當時的回答當真了，所以開始安排滑雪旅行，還說可以配合你的時間，叫我問你什麼時候比較方便。」

月村感到驚愕。因為真的很麻煩。但是，看到麻穗合著雙手向他道歉，他也不好意思再說什麼。更何況他是自作自受。

「那也沒辦法，這次就陪他去吧。到時候就說我學不會，以後就不必再去了。」

「嗯，我覺得這樣很好，但還要拜託你一件事。」

麻穗問他，可不可以由他負責開車去滑雪場。以前都是徹朗開車，但母親小百合說，父親上了年紀，擔心他長途開車有問題。

「這種小事沒問題啊，反正我也習慣了。」

月村和麻穗一起去滑雪旅行時，幾乎都是自己開車。

只不過到時候也必須隱瞞這件事。月村忍不住嘆氣。

✳ 3 ✳

「注意視線、視線，不要低頭看下面，要看著遠方。看遠方、遠方。」

徹朗大聲說道。月村想要按照他的指示看向遠方，猛然直起上半身，立刻發現身體的重心移向後方。滑雪板向前滑，身體還留在後方。

「啊啊啊，慘了。」

他想要站直，但已經來不及了，重重地跌坐在地上。那裡剛好是結了冰的堅硬雪道，尾椎重重地撞在冰塊上，劇痛從臀部直竄頭頂。

「幹！怎麼會這樣！」他很不甘心地抱怨道。

他用雪杖站了起來，徹朗滑了過來。

「不行，你還是一直低頭，要把視線移向遠方。抬起視線時，身體不要抬起來，身體仍然維持前傾的姿勢，只要抬起視線就好。否則就會像你剛才那樣，身體向後傾，無法控制滑雪板。」

「好，我知道。」月村回答。他並不是說說而已，而是真的瞭解。因為雙板滑雪和單板滑雪的原理相同。

「滑雪的時候，即使瞭解該怎麼滑，卻往往無法做到。」

沒錯。月村發自內心表示同意。以前剛學單板滑雪時也一樣。

「那個，」月村戰戰兢兢地對徹朗說：「我可能還沒辦法很快學會，在熟悉之前，我想先用犁式滑降。」

犁式滑降就是將兩塊滑雪板站成八字形，以S形的方式緩緩滑下坡道，他覺得自己應該有辦法駕馭。

「你在說什麼啊！」徹朗心浮氣躁地叫了起來，把雪杖用力插進雪地。「說這種話，永遠都只會犁式滑降。如果是小孩子也就罷了，你已經是大人了，必須勇敢挑戰。來，再練一次。」

「好。」月村縮著脖子，再度慢慢滑了起來。

「不對不對，你的姿勢不對，屁股不要向後縮。」後方傳來徹朗的斥責聲。「好，現在轉彎。趕快轉彎！把重心移到前面，前面！前面！」

月村試圖把重心移向前方，卻無法如願。他知道滑雪板的前端指向斜坡下方時，自己的身體忍不住向後仰，完全無法控制失控的滑雪板。

雖然聽到徹朗的怒斥聲，但完全不知道他在說什麼。在一片混亂中，再度跌倒了。

「唉。」他忍不住無力地嘆著氣，這次甚至沒有力氣馬上站起來。

他坐在原地，不經意地看向遠方，看到單板滑雪客在未壓雪的雪道上暢快地滑行，揚起陣陣雪煙，令人心曠神怡。他們在滑雪時，一定忍不住歡呼。

有人滑了過來，在他身旁停了下來。原本以為是徹朗，沒想到猜錯了。是身穿黃色滑雪衣的麻穗。

「春紀，你還好嗎？」麻穗擔心地探頭望著他。

「還沒陣亡。」月村拉著她的手站了起來。「妳爸爸呢？」

「我對他說，讓你休息一下，他說他先去餐廳。」

「是嗎？真是太好了。」

「對不起，逼你做這種莫名其妙的事。」

「我並不覺得莫名其妙，只是沒想到雙板滑雪這麼難。」

「我反而覺得單板滑雪比較難。」

「看來先學哪一種，就會覺得那種比較容易。」月村再度看向遠方的斜坡，幾名單板滑雪客在斜坡上滑行。「啊，真想用單板在粉雪上滑雪。」

「我知道你很痛苦，但忍耐一下。」

「嗯，我知道。」

麻穗滑了起來，月村也跟了上去。麻穗的確很擅長雙板滑雪，所以滑得很不錯，月村根本追不上她。

❄ 4 ❄

走進餐廳，因為是假日的關係，所以餐廳內很多人。雖然餐廳內有一整排長桌子，但幾乎沒有空位，幸好徹朗和小百合已經為他們留了座位。

「讓你們久等了。」月村拿下安全帽時道歉，他滿臉大汗。

「哈哈哈，」徹朗開心地笑了起來，「你好像累壞了。」

「真的累慘了，已經筋疲力竭了。」

「每個人一開始都差不多。」徹朗說到這裡，看著旁邊的桌子，皺起了眉頭，對著幾個正在談笑的年輕人說：「喂，這些是你們的東西吧？這樣亂丟，別人都沒辦法坐了，要放在自己的座位旁。」

桌上丟著手套和雪鏡，那幾個年輕人縮了縮脖子，說了聲：「對不起。」把東西拿了過去。幾個年輕人看起來才十幾、二十歲，應該覺得這個老頭子很囉唆。

徹朗看向那幾個年輕人的腳，垂著嘴角，小聲地說：「果然是單板客，這些人很不懂規矩。」

月村偏著頭，沒有吭氣。那幾個年輕人的確沒有顧慮到其他人，但這和他們是單板滑雪客並沒有關係，而是他們本身的問題。雙板滑雪客中，也有人像他們一樣把東西丟滿整張桌子。只不過如果這麼說，會讓徹朗不高興，所以月村也就不想提這件事。

「春紀，你看看那種打扮。」徹朗噘起嘴唇，揚了揚下巴。

月村順著徹朗的視線望去，兩名單板滑雪客剛好走進來。

「有什麼問題嗎？」月村問。

徹朗不滿地皺起眉頭。

「你仔細看一下，他們的褲子都快掉下來了，滑雪褲原本就很寬鬆，這樣還能走路嗎？」

「喔喔。」月村恍然大悟。徹朗似乎看不慣單板滑雪客特有的垮褲。

「完全沒問題啊，」麻穗說：「這是一種時尚。」

「什麼狗屁時尚？邋裡邋遢的，我覺得完全就是不良分子的打扮。」徹朗皺著眉頭，語帶不屑地說。

就在這時，一個手拿安全帽和罐裝咖啡，身材結實的男人站在徹朗身旁，指著旁邊的椅子問：「不好意思，請問這裡有人坐嗎？」

「沒有。」徹朗回答時，瞥了一眼男人的腳下。應該在確認他是單板滑雪客還是雙板滑雪客。

那個男人拉開椅子，把脫下的上衣掛在椅背上後坐了下來。他的年紀大約三十五、六歲，從他走路的樣子，可以判斷他腳下穿著雙板滑雪用的滑雪鞋。

那個男人打開罐裝咖啡的拉環，一臉陶醉地喝了一口，將被雪曬得黝黑的精悍臉龐轉向月村他們問：「一家人來滑雪旅行嗎？」

「嗯，是啊，算是一家人……」月村回答。

「當然是一家人，」徹朗苦笑著向那個男人說明，「他是我的女婿，以前沒有滑過雪，我堅持要教他，就帶他一起來。我們家從以前就是雙板滑雪之家。」

「是嗎？剛才我在遠處看到你們，就覺得有點納悶。因為看起來你們全家人都很會滑雪，但有一個人好像才剛學，現在終於知道答案了。」男人笑著說：「不過，真讓人羡慕啊，兩位長輩以後應該更期待滑雪旅行了吧？」

「雖然這麼期待，但我女婿還必須好好努力，哈哈哈。」徹朗心情很好地回答，遇到雙板滑雪客，他的態度也頓時變得很親切。

「很快就學會了，因為有一位好老師啊。」男人說完，轉頭看著徹朗說：「剛才我看到你滑得很好，以前是比賽選手嗎？」

「不不不，」徹朗搖著手說：「雖然曾經參加過幾次小型的比賽，但稱不上是比賽選手，而且都是很久以前的事了，現在純粹是興趣。」

「原來是這樣啊，看你滑雪的樣子，以為你之前是選手。」

「謝謝。不過年輕時曾經接受過嚴格的訓練。」

「我就知道，否則不可能滑得那麼好。」

「沒有啦。」徹朗靦腆地笑了起來，但聽到對方的稱讚，內心似乎很得意。

「你一個人來滑雪嗎？」小百合在一旁問道。

「是啊，因為今天不需要當班，所以偶爾來享受一下滑雪的樂趣。」

「當班？」徹朗問。

「我平時在這個滑雪場工作。」

「是喔。」徹朗瞪大了眼睛，「請問是做什麼工作？」

「我是巡邏員。」男人很乾脆地回答。

「失敬失敬，」徹朗眼中露出嚮往的眼神，「那你的雙板滑雪技術應該很好。」

「不，其實也還好，」男人害羞地笑著搖頭，「你們常來里澤溫泉嗎？」

「很久以前來過一次，所以對雪道也幾乎沒什麼印象了，不太知道該去哪裡滑，畢竟這裡的場地太大了。」

男人點了點頭。

「如果你們不嫌棄，我可以為你們帶路，有好幾個雪道都很值得一滑，還有秘境。」

「是喔，」徹朗露出了笑容，「真的可以嗎？」

「老公，」小百合戳了戳徹朗的手臂，「這樣太不好意思了。」

「請不必在意我，與其一個人滑，和你們一起滑更開心。當然，如果你們想要一家人自己滑，我就不勉強了。」男人用溫和的語氣說。

「怎麼辦？」徹朗轉頭看著大家，徵詢其他人的意見。

「我想請他帶路。」麻穗舉起右手。

「是嗎？春紀呢？」

「有適合犁式滑降的地方嗎？」月村問那個男人。

「會犁式滑降就沒問題。」

徹朗皺著眉頭，抓了抓腦袋說：「算了，今天就同意你用犁式滑降。」

「那就這麼決定了。託各位的福，今天的休假應該會很愉快。」那個男人開心地說。

大家相互自我介紹。男人自我介紹說，他姓根津。

❄ 5 ❄

雙眼看向前方，張開的雙腳用力，雖然速度沒有很快，但可以充分體會到疾行的感覺。這裡的雪況很好，斜度也適中，而且沒有其他人，可以在寬敞的雪道上盡情滑雪。之前曾經用單板滑雪的方式在這個雪道上滑過好幾次，沒想到雙板滑雪是完全不同的感覺。

自己用犁式滑降的方式滑雪，就感到如此爽快，月村忍不住想像，已經滑到很前面的徹朗他們應該更加暢快無比。

他費力地滑下坡，發現其他人在中途等他。

「春紀，你沒問題吧？」徹朗問。

「應該沒問題，滑得太舒服了。」

「犁式滑降嗎？我覺得這根本就像是美食當前，卻加美乃滋一起吃。」徹朗用奇怪的方式比喻後，轉頭對根津說：「真是太棒了，幸虧有你帶路，我們自己根本不可能找到這麼出色的雪道。」

「聽你這麼說，我覺得自己雞婆也值得了。」

「而且你滑得太好了。我很後悔剛才你稱讚我時，我有點得意忘形，你才是職業等級的技術。」

「沒這回事。」根津搖了搖手，「以前我們巡邏隊有一個女生曾經是高山滑雪的國家隊選手，看過她滑雪的樣子，就覺得自己太遜了。」

「和這麼厲害的人相比，或許會這麼覺得，但在我們的眼中，覺得你已經夠厲害了。」

「謝謝，土屋先生，你也很厲害。」

「沒有沒有。」

「只不過，」根津稍微改變了語氣，「如果要求再高一點，希望可以再多一些鋒利的感覺，有時候滑雪板的邊緣沒有完全碰到雪面。因為除了這點以外，其他都完美無缺，所以覺得有點可惜。」

徹朗的身體忍不住向後仰。

「果然看得出來嗎？這是我多年的壞習慣，遲遲改不過來。」

「我認為不是習慣，而是想法的問題。在膝蓋伸直時，小腿骨是不是會壓到滑雪鞋？」

「沒錯，這樣不行嗎？」

「也不是不行，如果希望滑雪技巧更上一層樓，就必須改變想法。你可以彎曲一下雙腿的膝蓋嗎？」

「像這樣嗎？」徹朗彎著膝蓋。

「在這個狀態下，想像膝蓋以下都浸在水裡。」

徹朗聽了根津的話，驚訝地張大了嘴，「啊？浸在水裡。」

「沒錯，然後想像水面完全沒有漣漪，也就是浸在水裡的部分完全不動的情況下，只有膝蓋以上的部分做伸縮運動。」

「啊？有辦法做到嗎？」徹朗感到困惑，動作生硬地動了起來。

「很好，很好。」根津說。「就是這樣，在滑雪的時候能夠這麼做，相信就可以大為改善。」

「的確可以感覺到力量傳到雪地上。」

「在滑雪的時候盡量意識到這一點，一開始可能有點不習慣，但會慢慢適應，之後就可以體會到不同的感覺。」

「我瞭解了，我會試試。」

徹朗滑了起來，他轉了幾次彎，姿勢似乎比之前更穩了，應該特別注意到根津提醒他的問題。

「很好，就按照這種方式繼續滑。」根津大叫著追了上去。

徹朗中途停了下來，所有人再度集合。

「你滑得很好，就是這種感覺。」

徹朗聽了根津的話，點了點頭。

「我大致抓到感覺了，就是用整個腳掌壓住雪面。」

「沒錯，只要持續練習，一定可以改善。」

「謝謝你，讓我受益匪淺。」

「接下來我們一口氣滑去箱形纜車站，請你們跟著我。」根津說完，立刻滑了起來。月村也可以看出他的姿勢很優美。

「沒想到這把年紀，還可以學到新的東西，滑雪的學問太深奧了。」徹朗語帶佩服地說完就出發了。小百合也跟在他身後。

麻穗在出發之前，轉頭看著月村說：「我爸爸心情很好。」

「好像是。」

麻穗出發了，月村也跟了上去。麻穗可能顧慮到他，刻意放慢了速度。之前曾經來這裡玩單板滑雪好幾次，所以不會迷路，但麻穗可能還是擔心他會跌倒。

來到坡道下方後，五個人一起搭上了箱形纜車。

「這個滑雪場真不錯啊。」徹朗拿下雪鏡，語帶感嘆地說，「滑雪場很大，又有各種豐富的雪道，在這種地方滑雪，任何人都可以很快就成為高手。」

「我會轉告滑雪場的老闆。」根津笑著說。

「啊喲！」看著窗外的小百合突然驚叫了一聲。「怎麼了？」徹朗問她。

「有人在那種地方滑雪，可以去那裡滑雪嗎？」小百合指著下方問根津。

月村伸長脖子，看著小百合手指的方向。五顏六色的滑雪衣在密集的樹林中若隱若現。

根津皺著眉頭說：

「那裡是禁滑區域，經常有人偷偷闖去那裡滑雪。雖然我們發現時會制止，但始終無法杜絕這種情況。」

「都是那些單板滑雪客吧？他們向來不遵守規定，很傷腦筋。」徹朗滿臉不悅地說。

「不，」根津輕輕搖頭，「不光是單板滑雪客，最近也有不少雙板滑雪客。」

「怎麼可能？應該只有少數人而已吧？」

「可惜並不是少數。目前雙板滑雪也流行深雪用的滑雪板，有越來越多人都喜歡在未壓雪的區域滑雪，所以也有很多人去非正規的雪道上滑雪。」

「這……可不行啊。」

「滑雪場方面為了因應這種趨勢，也逐漸增加了能夠滑雪的未壓雪區域，但還是有不少人想要在沒有人滑過的地方滑雪——對了，」根津改變了話題，「土屋先生，你想不想去深雪區域滑雪？因為許多資深的滑雪客不太喜歡積雪太深的地方。」

「不不不，完全沒問題。」徹朗挺直身體，語帶興奮地說，「只要是雙板可以滑的地方，任何地方我都很喜歡，結冰的雪道或是貓跳雪道也沒關係，如果是積雪很深的地方，更是棒得讓人流口水，根本不需要什麼深雪專用的滑雪板。」

「太好了，有一片秘藏的粉雪區，那最後我帶你們去那裡。」

「太令人期待了，只不過有初學者。」徹朗不安地看著月村。

「不必擔心，有迂迴雪道，可以在坡道下方會合。」

「那就放心了，粉雪區嗎？太好了。」徹朗滿心期待地說。

下了纜車，根津再度帶頭滑了起來。月村雖然仍然用犁式滑降的方式滑雪，但漸漸適應之後，心情終於放鬆，也猜到了根津打算去哪裡。那是幾乎沒有人前往的秘境，之前和朋友來滑雪時，都必定會去挑戰。

根津果然帶他們來到月村意料中的地方。這片滑雪區位在林道旁，雖然是正式的雪道，但在下雪之後，不容易發現入口，所以除非是熟悉這個滑雪場的人，否則都不會有人來這裡滑雪。

「我去看看積雪的狀態如何。」根津脫下滑雪板，在雪地中往前走。他穿著滑雪鞋，走起來很費力。

根津向斜坡下方張望，雙手比了一個很大的圓後走了回來。

「超棒的，沒有人滑過，完全沒有任何痕跡。」

「太棒了。」徹朗說。

「我們該怎麼辦？」小百合問，「我沒辦法滑深雪區域。」

「請沿著這條林道稍微往前走，左側有壓過雪的雪道，只要從那裡下去，就可以和我們會合。」根津說著，想要穿上滑雪板，但似乎穿不進去。他連續試了好幾次。「咦？怎麼回事？啊，該不會……」他看著滑雪板上的固定器，忍不住咂著嘴。

「怎麼了？」徹朗問。

「固定器太老舊，有點卡住了。這下子慘了，現在手上沒有工具，也沒辦法修。我打電話給巡邏員，請人幫我送過來。」根津把手伸進滑雪衣的口袋。

就在這時，幾名單板滑雪客走了過來。

「咦？這不是根津哥嗎？你在這裡幹嘛？」其中一人問道。聽他的聲音，應該很年輕。

「喔，原來是你們啊。今天剛好不用當班，我為他們帶路。」

「是喔。」年輕人瞥了月村和其他人一眼。徹朗把頭轉到一旁，好像看到了什麼髒東西。

「你們該不會打算從這裡滑下去？」根津問那幾個年輕人。

「是啊，怎麼了嗎？」

「不好意思，今天可不可以先不要滑？因為我想讓這位先生體會一下沒有人滑過的粉雪區。」

「根津先生，」徹朗插嘴說，「不必在意我。」

「不，機會難得——怎麼樣？反正你們隨時都可以來滑。」根津再度問那幾個年輕人。

「好啊，既然這樣，就讓給你們啊。當然要以外面來的客人為優先——大家都沒問題吧？」帶頭的年輕人問道，其他人都點著頭。

「另外，你們中間有沒有人的腳是二十七號？」

「我是二十七號。」一個高個子男人舉起了手。

「太好了，有一塊滑雪板上的固定器壞了，正在傷腦筋，可不可以和你交換一下工具？等一下去山下的巡邏室還給你。」

「好啊，即使是根津哥，光靠一隻腳，應該也沒辦法在粉雪區滑雪吧。」高個子的年輕人說完脫下固定器，也把滑雪鞋脫了下來。

「啊？」徹朗看著根津問：「交換工具？根津先生，你也會滑單板嗎？」

「是啊，說起來，單板才是我的看家本領。」

「看家本領？」

「根津哥以前是單板障礙賽的選手，而且還是奧運候補選手。」另一個年輕人說，「可惜並沒有晉升到正式選手。」

「廢話少說。」根津脫下雙板滑雪鞋，穿上了高個子年輕人遞給他的單板滑雪鞋。

月村觀察著徹朗。即將六十六歲的岳父因為太驚訝，已經說不出話了。

根津穿好滑雪鞋，開始穿固定器時，高個子的年輕人已經做好了滑雪的準備，但只有右腳穿著滑雪板，另一個人幫他抱著另一塊滑雪板。

「根津哥，那就一會兒見囉。」高個子年輕人說。

「好，不好意思啊。」

那幾個年輕人離開了。高個子年輕人用單腳俐落地滑走了，一看他的姿勢，就知道是高手。

「這些人的雙板滑雪也都是通過一級檢定的高手。」根津對啞然無語的徹朗說。

「是……這樣啊。」徹朗回答的聲音有點結巴。

「這些年輕人真不錯，禮讓給我們這些外來客。」小百合似乎深受感動。

「大家都希望這個滑雪場生意更好。」根津充滿自豪地說。

「春紀，」麻穗叫著月村，「我們要不要先出發？在下面看爸爸他們滑下來。」

「啊，好主意。那我們先出發了。」月村對根津他們說。

「好，我們馬上就下去。」

月村他們滑了起來，來到林道後，看到了左側的雪道，於是滑進雪道。那片經過壓雪的雪道滑起來很暢快。
來到坡道下方後，抬頭看著左側的斜坡，那裡是一片完美的粉雪區。
「幹！」月村忍不住罵了一聲，「超想滑的，簡直太棒了。」
麻穗似乎聽到了，瞥了小百合一眼，把食指放在嘴唇上。
不一會兒，斜坡上方有一陣雪煙滑了下來。是徹朗揚起的雪煙。他心情舒暢地在沒有人滑過的粉雪區一路滑下來。他剛才說最愛深雪區域，果然技術也很精湛。
根津踩著單板，以驚人的速度追著徹朗滑了下來。他的姿勢優美，豪放卻穩健，讓人看得出了神。
徹朗滑到月村他們的面前。
「老公，感覺怎麼樣？」小百合問他。
「嗯，太暢快了。」徹朗說完，回頭看著後方。
根津踩著單板滑了下來，在他們面前停下後，用充滿自信的語氣問徹朗：「怎麼樣？」
「太棒了，好久沒有滑得這麼暢快了。」
「我就說嘛，要不要再滑一次？只要搭吊椅纜車，很快就到了。」

「那就再滑一次。」

「走吧。」根津說完，滑了起來。徹朗看著他的背影嘀咕說：

「他真的也會滑單板……」

「他不是說，這才是他的看家本領嗎？」

徹朗聽了麻穗的話，默默點頭後，再度出發了。他的背影看起來有點沮喪。

❄ 6 ❄

旅館窗外的夜空中，星星格外美麗。明天應該是好天氣。已經三月中旬了，里澤溫泉恐怕也很難會再下雪。想到這裡，就覺得今天沒有機會踩著單板滑那片粉雪區太可惜了。

但是——

正當他想到這裡時，背後傳來了動靜。月村轉過頭，紙拉門打開了，身穿浴衣的麻穗走了進來。她的臉色紅潤，剛才似乎在溫泉泡了很久。「啊，太舒服了。」

她跪坐在桌子前，拿出了化妝包。

「妳媽有沒有說什麼？」月村問。

麻穗在擦化妝水時笑著說：

「爸爸的確很受打擊，這也難怪，雖然他一開始不知情，但竟然結交了單板滑雪客的朋友，而且對方還指導了他雙板滑雪的技巧，他的自尊心應該受到了很大的傷害。」

「那當然啊！」月村在妻子對面坐了下來。

「從此之後，爸爸就不能再說單板滑雪客的壞話了，一切都按照我們的計畫進行。計畫很成功。」

「嗯，是啊。」

「要記得向橋本小姐報告，說計畫很成功，謝謝她。」麻穗哼著歌，繼續做臉部保養。

橋本小姐是月村和麻穗的同事，在餐飲部工作。因為某個機緣和她成為朋友，上個月也和她一起來過里澤溫泉。

在那次旅行時，發生了出乎意料的狀況。原本月村和麻穗的前輩準備了驚喜，打算向橋本小姐求婚，月村他們也協助這個求婚計畫。沒想到橋本小姐的前男友突然現身，搶先向她求婚，而且橋本小姐竟然答應了。原本打算求婚的前輩沮喪的樣子讓人看了於心不忍。

當時，滑雪場的巡邏員騎著雪上摩托車，載著橋本小姐的前男友四處找她。橋本小姐的前男友是里澤溫泉滑雪場的常客，以前就認識那名巡邏員。

月村他們也是因為偶然的機緣，結識了這位巡邏員。

麻穗說，她和橋本小姐在一起聊天時，抱怨她父親很討厭單板滑雪客，而且這次要和父親一起去滑雪旅行。橋本小姐語出驚人地說：

「既然你們要去里澤溫泉滑雪場，我認識那個滑雪場的工作人員，要不要請教他一下？他在那裡當巡邏員，也許有什麼方法可以解決這個問題。」

橋本小姐的提議太出乎意料，麻穗雖然沒有抱太大的希望，但還是拜託了她。橋本小姐真的找了對方商量，月村很快收到了一封電子郵件，主旨是「關於里澤溫泉滑雪場一事」。

郵件的內容如下：

你好，我是在里澤溫泉滑雪場巡邏隊任職的根津，從橋本美雪小姐那裡得知了情況。難得來我們滑雪場，竟然無法用最愛的單板滑雪，一定很痛苦吧。我有一個計畫，這件事可不可以交給我來處理？如果順利的話，你應該可以順利向岳父母坦承你是單板滑雪客。

月村大吃一驚，立刻回覆了郵件，詢問真的有這麼理想的方法嗎？

根津回答說，雖然無法保證一定能成功，但他很有把握。他還說，改善單板滑雪客和雙板滑雪客之間的關係，有助於滑雪場的發展，請務必讓他有機會幫這個忙。

之後，他們持續用電子郵件多次聯絡，根津打聽了徹朗的滑雪技術等問題，但並沒有告訴月村詳細的計畫。可能他認為這樣有助於計畫的順利進行。他們討論後只決定了一件事，在滑雪場見面時，彼此假裝不認識。

也就是說，根津出現後一連串的事，都是事先安排好的。他的固定器在粉雪區上方突然壞掉，以及當地的年輕人出現，也是根津計畫的一部分。

太了不起了。月村不由得感到佩服。計畫非常成功，在那之後，徹朗沒有再說單板滑雪客的壞話。

「你覺得什麼時候說比較好？」麻穗露出惡作劇的眼神看著月村問。
「說什麼？」
「就是那個啊，」她開了口，「要什麼時候告訴我爸爸，你是單板滑雪客這件事啊，也要順便告訴他們，我也會用單板滑雪。」
「嗯，對喔。」月村抱著雙臂。
如果今天晚上說，徹朗可能會驚訝，但應該不至於生氣，而且也會無話可說吧。
他想起根津臨別時對徹朗說的話。
「對我們在滑雪場工作的人來說，最重要的是瞭解客人的想法。這裡的客人有單板滑雪客，也有雙板滑雪客，如果只瞭解一方的想法，在某些地方就無法做得很細膩。所以，對我們來說，同時瞭解雙方的想法很重要。」
徹朗聽了這番話，簡直就像學生被老師罵了一頓。雖然因為戴著雪鏡的關係，看不太清楚，但他臉上似乎露出了挫敗的表情。
「太令人期待了，我爸爸一定很沮喪。明天就可以盡情地用單板滑雪了，可惜只能用租的。」
月村聽了麻穗的話，內心感到很複雜。正如她所說，一旦告訴徹朗，他一定會很沮喪。

但是，這樣真的好嗎？這麼做了之後，自己會感到高興嗎？

「麻穗，」月村開了口，「我看還是算了。」

「啊？什麼算了？」

「不必告訴他了，我不想讓妳爸爸再受打擊。我相信他已經充分瞭解了，也對單板滑雪客有了新的認識，既然這樣，不就夠了嗎？」

「春紀……但是，如果今天晚上不說，以後就很難開口了。」

「那也沒關係。在家族旅行時，我可以滑雙板。不是和妳爸媽一起來滑雪的時候，我隨時可以滑單板。聽了根津先生那番話，我才發現，只瞭解其中一項太吃虧了。所以，我會努力練好雙板，只不過可能會花一點時間，才能夠達到你們的水準。我們以後每年都和妳爸媽一起來滑雪。」

「春紀！」麻穗在榻榻米上爬到月村面前，注視著他的雙眼，然後緊緊抱著他說：「我好愛你。」

月村抱著她苗條的身體，再度看著晴朗的夜空。今年沒有機會在粉雪上滑雪了，但他想像著自己踩著雙板，在壓過雪的雪道上滑行的樣子，覺得似乎也不壞。

求婚大作戰　復仇

※ 1 ※

用裝在大啤酒杯裡的高球雞尾酒乾杯後，水城輪流打量著坐在對面的兩個女人，緩緩搖著頭。

「還是老樣子。真是服了妳們兩個人，啊呀啊呀啊呀，真是太厲害了。」

「又來了。」山本彌生苦笑著，她是鵝蛋臉的美女。「水城，每次見面你都這麼說。」

「因為每次見面都有這種感覺啊，有什麼辦法。太厲害了，專家果然不一樣──你是不是也有同感？」他徵求身旁的日田的同意。

「啊？什麼？」

遲鈍的日田不知道他們在聊什麼，水城皺著眉頭。

「你有沒有在聽別人說話？我正在對她們的化妝技巧感到佩服，我們四個人見面時，這不是固定的話題嗎？你也差不多該記住了。」

「原來是固定的話題。」坐在彌生旁的火野桃實很受不了地嘀咕著。她是大眼厚唇的性感美女。

「無論任何事，例行的程序很重要。就拿鈴木一朗來說，聽說他即使不上場的時候，也都做和平時相同的暖身運動。」

「也就是說，你稱讚我們只是例行的程序，並不是發自內心這麼認為。」彌生說。

「不不不。」水城聽了，搖著食指說：「形式化的暖身運動毫無意義，我當然是發自內心地稱讚妳們。妳們是專家，是專業化妝師，無論怎麼看，都像是如假包換的美女。失敬失敬。」他深深地鞠著躬。

「啊哈哈。」彌生拍著手笑了起來，「又聽到這句話了，真不知道是在誇獎還是貶低的奇怪奉承。」

「我都說了不是奉承，希望妳們能夠瞭解。」

男店員走過來說：「這是豬肉泡菜文字燒。」他把裝了食材的碗放在鐵板旁。

「日田，拜託囉。」水城說。

「要我煎嗎？」

「當然啊，因為你很拿手啊。」

「啊？是這樣嗎？」桃實看著日田的臉。

「也不算拿手啦。」日田把碗拉到自己面前。

「他在餐飲部，而且是在日本料理餐廳。」

「根本沒關係，我又不是廚師。」

日田把碗裡的材料移到鐵板上，但小心翼翼地不讓醬汁一起倒出來。他的動作的確很有架式。

水城和日田在東京都內的觀光飯店工作，兩位女生在百貨公司化妝品專櫃工作。水城他們今年春天去參加了在里澤溫泉滑雪場舉辦的聯誼——俗稱滑雪聯誼時，認識了她們。雖然在聯誼時並沒有配對成功，但之後她們去日田工作的餐廳用餐之後，四個人偶爾會相約見面。

今天他們來到離雙方的職場都很近的月島。既然來月島，當然要吃文字燒。

日田雙手拿著兩個鏟子，鏘鏘鏘鏘，動作俐落地把食材切細。

「好厲害。」兩個女生忍不住感到佩服。

「簡直就像是這家店的店員。」彌生瞪大了眼睛。

「你以前曾經在文字燒店打過工嗎？」桃實問。

「嗯，以前曾經打工過一陣子。」

看到日田害羞地回答，水城忍不住想，怎麼可以洩漏天機呢？這種時候，必須不置可否，增加神秘感。不過話說回來，這種事也沒多少神秘感。

日田將切細的食材圍成圓形，他的動作就像是專業廚師。

「對了，十二月了，妳們安排去哪裡滑雪了嗎？」水城問兩位女生。

「完全沒有。」彌生搖了搖頭。

「因為我們周遭很少有人滑單板，三十歲後，就完全沒有人約我們了，對不對？」她徵求桃實的同意。

「你們已經安排了嗎？」桃實問。

「我們也還沒有安排，但有這個打算。我和日田說，年底找個地方去滑雪，所以就想到，不知道妳們有沒有意願。」

「啊？是嗎？」桃實按著胸口，瞪大了眼睛。

「之前一起滑雪的傢伙都接連結婚了，所以沒時間陪我們滑雪。我們兩個男人去滑雪也沒意思，想說約妳們兩位美女一起去。怎麼樣？」水城又稱她們為美女。他向來認為，稱讚不用花錢。

「妳覺得呢？」桃實看著彌生。

「小桃，如果妳覺得沒問題，我很想去。」彌生很乾脆地回答，「因為我年底完全沒有安排。」

「我也沒問題，只不過要安排一下時間。」

水城用力拍著手。

「好，那就這麼決定了。等我們確認彼此的時間之後，再來安排計畫——日田，這樣沒問題吧？」

「啊？喔，沒問題。好，煎好了，大家來吃吧。」日田說著，用鏟子把文字燒壓扁。

「你有沒有在認真聽我說話？能夠和這麼漂亮的美女一起去滑雪旅行，你應該更高興才對啊。」

「啊，嗯，我當然有聽到啊。真是太好了。」日田的態度很不明朗。「大家趕快吃吧，煎太焦的話就不好吃了，千萬不能煎太焦。」

「如果要去滑雪，我要重新買一些滑雪用具。」桃實拿起鏟刀。鏟刀是吃文字燒用的小鏟子。「尤其是滑雪鞋，去年滑的時候，就覺得穿起來腳尖很痛。」

「那可不行，」水城附和道，「滑雪鞋穿起來會痛最糟了，會讓人不想滑雪。

既然這樣，可以請日田帶妳去挑選，日田以前曾經在神田的運動用品店打過工，對不對？」

「啊，不行不行，不能把鏟刀當湯匙使用，要這樣用才正確。」日田似乎沒有聽到水城說話，一臉嚴肅地向兩名女生說明使用鏟刀的方法。

真是無可救藥。水城聳了聳肩。

離開文字燒店，他們去了附近一家酒吧續攤。離開那家店時已經十一點多了，兩個男生用計程車送兩個女生回家。水城請日田送桃實，自己和彌生搭上了同一輛計程車。

「真是夠了，日田那傢伙真讓人為他著急，又不懂得察言觀色。」水城嘆著氣說，「雖說他曾經在文字燒店打過工，但也沒必要那麼詳細地介紹吃法。在酒吧續攤時，故意讓他和桃實單獨坐在吧檯，結果他還是一個勁地說一些無聊的話。」

「呵呵呵，」彌生笑了起來，「他又在說美式足球。」

「我聽到他說什麼四分衛，這傢伙真是沒長進。只要一眼就可以看出對方有沒有興趣，他這種人竟然還能夠勝任在飯店的工作。」

「我對這件事也很納悶，我覺得他很不適合服務業啊！」

「但是，他在工作上的評價並不低，應該算評價頗高。他一穿上飯店的制服，整個人就好像脫胎換骨了。」

「沒錯沒錯，第一次在飯店看到他時，我們也都嚇了一跳。因為和在滑雪場時簡直判若兩人，所以桃實看他的眼神也完全不一樣了。」

「太可惜了，如果先看到他在飯店時的樣子，滑雪聯誼的結果或許就不一樣了。不過，這也是異想天開。」

日田在滑雪聯誼時曾經向桃實告白，但桃實向他說抱歉。水城回想起日田在那次聯誼中的表現，覺得遭到女生拒絕也是無可奈何的事。

「日田怎麼樣呢？他現在仍然喜歡小桃嗎？」

「這件事絕對不會錯，今天邀他聚餐時，他也一口答應了。他原本好像有其他事，但後來還是以和我們聚餐為優先。」

「但是，他沒有約小桃單獨約會。」

「嗯，」水城發出低吟，「因為上次滑雪聯誼時，一度遭到拒絕。」

「滑雪聯誼只是遊戲而已，他根本不必放在心上。」

「不不不，事情沒這麼簡單。這幾年，日田這傢伙連續失戀了好幾次，而且遭到拒絕的方式都很激烈，對他造成很大的陰影，所以他完全失去了自信。在他眼中，邀桃實約會是一件很困難的事。如果桃實能夠主動約他，事情就簡單了，但桃實不可能約他吧？」

「嗯。」這次輪到彌生發出低吟，「在飯店和日田重逢後，小桃的確對日田刮目相看。因為平時和工作時的巨大落差很吸引人。剛才日田在聊美式足球時，小桃也假裝聽得津津有味。只不過她也經歷了不少事，不久之前也因為男人很受傷，難怪會變得比較謹慎。」

「所以只能靠我們努力撮合了嗎？」

「應該是，照目前的情況下去，他們兩個人都不會主動跨出那一步。」

「所以，這次的滑雪旅行是關鍵。桃實似乎也很想去。」

「她真的很想去，否則她會明確拒絕。因為她不是那種會迎合別人的人。」

「那就一切按計畫進行。首先要研擬下一步的計畫。」

「是啊。」

在滑雪聯誼後，他們又在東京重逢。之後，四個人不時相約見面，但每次都是水城或彌生主動邀約。其實是他們兩個人商量之後，決定努力撮合日田和桃實。水城在今天晚上約桃實和彌生一起去滑雪之前，也事先告訴了彌生。

計程車來到彌生的公寓附近。水城曾經多次送她回家，所以知道地點。

「所以，」水城把嘴湊到彌生的耳朵旁說：「既然已經決定了下一步，可不可以去妳家討論下一步計畫？」

「啊？」彌生轉頭看著他，「又說這種話。你是認真的嗎？」

「和平時一樣，有一半是認真的，」水城說，「另一半沒有抱太大的希望。」

「什麼意思嘛。」

「不行嗎？不然我們也可以認真討論計畫。」

「所以說，你原本並不打算只是討論計畫而已。」

「因為同樣是討論，同時做一點開心的事不是比較好嗎？至少我這麼覺得。」

「不行。」

「不行嗎？」水城誇張地皺起眉頭，「那我今天就暫時放棄。」

「恕我有言在先，以後也一直不行。」

「別說這種沒有夢想的話，未來是可以改變的——啊，司機先生，請在前面停車，有一個人要先下車。」

計程車停了下來，後方的車門打開了。

「辛苦了，晚安。」水城伸出右手，「今晚就握個手忍耐一下。」

彌生一臉很受不了的表情，但嘴角還是露出了笑容，和他握了手。「晚安，謝謝招待。」

「我不會放棄的。」水城小聲地說完，鬆開了她的手。

計程車離開後，水城回想著剛才和彌生之間的對話。他覺得似乎又邁進了一小步。

今晚的聚餐是為了撮合日田和桃實，但水城居心不良。他準備下手的對象當然是山本彌生。他處心積慮想要把她搞到手。

他知道這件事沒那麼簡單，因為彌生知道他有正牌女友，而且無意和正牌女友分手。這些事都是水城自己告訴她的，他在告訴彌生這些事的基礎上，想要追求彌生，也就是說，他一廂情願地希望彌生成為他劈腿的對象。照理說，女生聽到這種話應該會勃然大怒。

但是，彌生並沒有生氣，水城認為這代表自己有希望。也許彌生覺得和自己玩一玩也不錯，搞不好彌生也有正牌男友，只是彼此的關係有點倦怠，所以偶爾想要尋求一點刺激。

真期待這次滑雪旅行。水城竊笑時，放在上衣口袋裡的手機震動起來。

正牌女友——木元秋菜傳來了訊息，問他年底有什麼安排。

2

走進經常光顧的定食屋，日田已經到了。他坐在可以清楚看到牆邊電視的座位，配著涼拌豆腐和毛豆喝啤酒。

「嗨！」水城向他揮了揮手，拉開他對面的椅子坐了下來。老闆娘立刻走了過來，把一個啤酒杯放在水城面前。水城加點了啤酒和炸雞塊，還有生魚片拼盤。

「聽說里澤溫泉的積雪有一公尺左右。」日田為水城的杯子裡倒了啤酒。

「太好了。」水城拿起泡沫幾乎溢出杯子的酒杯，和日田乾了杯。「正式進入滑雪季節了，你請假搞定了嗎？」

「總算搞定了。你呢？」

「我也沒問題了。」

和彌生、桃實一起去滑雪旅行的計畫逐漸具體化。這次打算去之前舉辦滑雪聯誼的里澤溫泉滑雪場，但她們提出的日期剛好水城和日田都要上班，所以只能請年假。

「你對木元怎麼說？」日田問。木元秋菜是他們的同事，也是水城的女朋友。

「你說和我兩個人去滑雪旅行嗎？」

水城搖了搖頭。

「她的直覺很敏銳，如果這麼說，她一定會猜到是帶其他女生一起去滑雪。我說要回老家參加佛事，幸好她並沒有起疑心。」

「所以說，我也要瞞著木元。」

「那當然啊，這件事就拜託了。對了，你幫桃實挑好滑雪鞋了嗎？」水城問。

「滑雪鞋？為什麼要幫她挑滑雪鞋？」

水城看到日田的反應，做出差一點從椅子上滑下來的動作。

「你不記得上次聊天的內容了嗎？桃實說，她穿滑雪鞋時腳很痛，所以想買新的。」

「喔。」日田不置可否地點了點頭，「好像有聊到這個話題。」

「不是好像有聊到。日田，你到底在想什麼啊？這種時候，當然要好好表現一下啊。」

「但幫她挑選滑雪鞋，應該也沒辦法表現什麼。」日田一派悠然地夾起涼拌豆腐。「更何況桃實曾經拒絕我。」

「你是說滑雪聯誼的時候嗎？」水城問，「彌生也說，那只是遊戲而已，如果桃實討厭你，即使邀她來聚餐，她也不會來。」

「不，我覺得她在滑雪聯誼時的回答才是真心話。她之所以來聚餐，是因為每次都是我們請客，所以也沒必要拒絕。」

日田的回答太消極，水城忍不住心浮氣躁。

「難道你不想有進一步的發展嗎？你不是喜歡桃實嗎？還是說，已經不喜歡她了？到底怎麼樣？」

「我當然喜歡她，否則就不會在滑雪聯誼時向她告白。唉，那次真的太丟臉了。」日田露出看著遠方的眼神。

「你不要深有感慨地沉浸在回憶裡了，更何況是這種苦澀的回憶。現在沒時間做這種事，你要不要採取行動？」

「採取什麼行動？」

「告白啊，告白。」老闆娘送來了炸雞塊，水城伸手抓了一塊，遞到日田面前，「你要向她示愛！」

「啊？再來一次？算了啦。」日田一臉不耐煩地用筷子夾起炸雞塊，直接送進嘴裡，「我已經受夠了。」

「怎麼可以因為一、兩次失敗就放棄呢？如果老是這樣，你一輩子都沒辦法結婚。別擔心，桃實也對你有意思。這次向她告白，絕對會順利。」

日田打量著水城的臉，「你竟然可以說出這麼不負責任的話。」

「才不是不負責任，我會負起責任，讓你的戀愛開花結果。地點就在里澤溫泉滑雪場，也就是你認識桃實的地方。」

日田把眉毛皺成八字，垂著嘴角說：「那裡有我惡夢般的回憶。」

「所以要復仇啊。這次要把那個滑雪場變成充滿愉快回憶的地方。」

「要怎麼做？」

「交給我就對了。我正在研擬計畫。」

「我只要在里澤溫泉的粉雪區暢快地滑雪，就心滿意足了。」日田把毛豆放進嘴裡，意興闌珊地回答。

3

早晨，一行人抵達了里澤溫泉滑雪場，天氣十分晴朗。走下計程車，抬頭仰望滑雪場時，耀眼的陽光刺得眼睛都有點痛。

「距離上次滑雪聯誼已經九個月了，我們又回來這裡了。」水城走在清除了積雪的路上大聲說道。他們今晚預訂了里澤溫泉村內最豪華的飯店。

「好久沒有滑雪季剛開始就來滑雪場了，小桃，我們要加油。」

「嗯，我們一起加油。」

兩個女生也興致勃勃。

「昨天晚上好像下過雪。看車頂上的積雪，應該下了二、三十公分。」日田東張西望地說。

你現在要在意的不是這種事。水城很想這麼對他抱怨，但還是忍住了。

來到飯店後，水城走去櫃檯。因為當初是用他的名字預訂的，但不光是為了這個原因。

「水城先生，讓您久等了。四位今天住宿一晚，分別是蜜月套房和雙人房，對嗎？」女性工作人員向他確認。

「沒錯。」水城在回答時看向身後。因為他擔心桃實聽到「蜜月套房」這幾個字，幸好桃實正和其他兩個人談笑風生。

辦理完入住手續後，水城問女性工作人員：「我們有事先寄送行李來這裡。」

「是，已經送到了，我馬上拿給您。」

「不，我會晚一點來拿，可以暫時寄放在這裡嗎？」

「好的。」

水城走回另外三個人身旁。

「我原本申請了提早辦理入住手續，但只辦理了一個房間，另一個房間要三點之後才能入住。妳們先用這個房間吧。」水城把兩張房卡遞給她們，「我們去更衣室換衣服，行李就放在置物櫃——這樣沒問題吧？」他徵求日田的同意，日田點了點頭說：「好啊。」

「這樣不好啦，」彌生搖著手，「而且這次旅行全都是你們負責安排的，這樣我們會良心不安。我們去更衣室換衣服。小桃，沒問題吧？」

「嗯，嗯。」桃實點著頭，「就這麼辦。」

「是嗎？這樣太不好意思了。啊，還是說，我們可以在同一個房間換衣服？」

「啊哈哈，」彌生笑了起來，「怎麼可能嘛！你別癡人說夢了，趕快去房間吧，我們也要去換衣服了。」

「ＯＫ！那三十分鐘後在這裡集合。」

水城說完這句話，男生和女生就兵分兩路去換衣服了。

水城和日田去的房間當然不是蜜月套房，而是普通的雙人房。裡面有兩張床，窗邊放了桌椅，是很正統的房間。

「到目前為止，一切都按照計畫進行。」水城在換滑雪衣褲時說，「彌生很配合。啊，那些東西都已經送到了，目前寄放在櫃檯。接下來就看你的表現了，你要爭氣啊。」

「這種計畫真的能成功嗎？」日田穿著有保護墊的內衣，抱著雙臂問。

「一定沒問題。這是我和彌生精心策劃的計畫，怎麼可能不成功？」

「是嗎？」

「你要對自己有自信。我可以斷言，明天早晨，你會在蜜月套房喝這輩子最美味的咖啡，而且是和新女友一起喝。」

至於我，則會和新的劈腿對象一起喝咖啡。水城在心裡小聲說道。

❄ 4 ❄

里澤溫泉滑雪場的雪況太棒了，在極佳的粉雪上盡情滑雪時，差一點忘記此行的真正目的。到了下午，水城頻頻看手錶確認時間。

「每次來這裡，都覺得這個滑雪場實在太大了。」四個人搭乘四人坐的吊椅纜車時，水城對其他人說，「只要稍不留神，就會走散。」

「既然你這麼覺得，就不要滑這麼快。我只顧著追你們，根本無暇觀察周圍。」彌生抱怨道。

「我也一樣，你們滑得太快了。」

「這都要怪日田。你滑得太快了，要配合兩位女士的速度啊！」

「對不起，因為今年第一次來滑雪，忍不住太投入了。」

「我和小桃都沒有帶手機，所以最好討論一下萬一走散時怎麼辦。比方說，可以去一個約定的地點。」彌生提議。

「好主意，那就約在箱形纜車山頂站旁的咖啡店，你們覺得如何？」

「好啊。」大家都贊同水城的意見。

「那家咖啡店開到幾點？」彌生提出了疑問。

「我記得好像三點左右。」日田回答。

「那萬一在三點之後走散怎麼辦？」

「那就回飯店比較好吧。」水城說，「可以先回飯店休息。」

「但是，我們還沒有飯店房間的鑰匙。」

「沒問題啦，只要去櫃檯報我的名字，他們就會把另一個房間的鑰匙交給妳們。櫃檯不是說，三點以後就可以進房間了嗎？」

「對喔。小桃，那就放心了。」

「太好了，但最好還是不要走散啦。」桃實說。

「那當然。」另外三個人都笑了起來。

一切順利。水城感到滿意。因為剛才這番對話也是這次計畫的伏筆。準備就緒，只剩下最後的衝刺。

之後，四個人繼續開心地滑雪，幸好都沒有人走散。在下午三點多時——

「時間差不多了吧？」彌生問。水城和她一起搭雙人吊椅纜車。

「我也正這麼想，已經三點多了。」

「要在哪裡進行？」

「下了這個斜坡之後，前面有通往林道的岔路。我們先去那裡，因為林道彎彎曲曲，經常會看不到滑在前面的人。我們就利用這個機會，伺機躲進旁邊的樹林，然後等桃實滑過去。」

「前面的人突然不見了，小桃一定會以為自己走錯了路，錯過了某個岔路。」

「沒錯。然後她就會來找我們，但時間已經不早了，她應該很快就會放棄，直接回飯店。然後去櫃檯報我的名字，領取房卡。」

「一走進房間，就會大驚失色，因為那是超豪華的蜜月套房。」

「而且已經有人等在那裡了。日田搶先一步回到飯店，脫下了滑雪衣褲，換上了穿在他身上最帥氣的飯店制服，然後慇懃地鞠躬對她說：『妳回來了。』接著，又繼續對她說，無論妳有多累，我都會療癒妳。然後手上拿著那個法寶。」

「呵呵呵，太矯情了。」彌生在半空中搖晃著雙腳，「女人遇到這種場景，完全無力招架，更何況是並不討厭的對象，那就更萬無一失了。」

「問題在於時間。日田必須先回到飯店，去櫃檯拿房間的鑰匙和那樣東西，回自己的房間，然後迅速換好衣服，去蜜月套房等桃實，至少也要十分鐘的時間。」

「不知道時間來不來得及。」

「日田應該沒問題，他超愛飆速。」

「那倒是，哇，快開始了，太期待了。」

「在滑雪場高級飯店的蜜月套房，和新結交的女朋友共度一晚。嗯。雖然是我們想出來的計畫，但我也忍不住羨慕起日田了。我們雖然也是一男一女共處一室，我卻遭到了無情的拒絕。」

「我已經說過很多次了，只要你敢爬上我的床，我就會立刻用紅牌勒令你退場，你要記住。」

「我去妳床上，馬上就出局了，但妳來我床上就沒有問題啦。」

「這種事不可能發生。」

「誰知道呢？我打算花一整晚說服妳，要不要來這裡？這裡的水很甘甜喔。」

「什麼啊？我又不是螢火蟲，而且我怎麼可能被你說服？」

「反正我會不屈不撓，有什麼關係嘛，妳別理我就好了。」
「我當然不會理你，到時候我很累，很快就睡著了。我有言在先，你不可以太吵，否則也會紅牌警告。」
「好吧，那我再來想其他辦法。」
水城雖然俏皮應對，但他覺得八字已經有了一撇。即使兩人分別睡不同的床，但既然在同一個房間，就很難逃出自己的手掌心。自己有太多招數可以讓彌生就範了，到時候甚至可以下跪，這可是成功率相當高的殺手鐧。
下了纜車，正在穿固定器時，日田和桃實也從後方走來。
「喔，日田。這裡下去之後，我們要去林道。」水城對日田說，這是執行計畫的暗號。
日田舉起一隻手，示意他知道了。因為他戴著雪鏡和圍脖，所以看不到他的臉，但全身散發出緊張的感覺。
確認所有人都穿好固定器後，日田出發了。他壓低姿勢，全身蓄勢待發，顯然比平時更加全神貫注。
「明明剛才已經叫他不要滑太快了。」水城說完，也滑了起來，中途回頭確認彌生和桃實緊跟在後。

前方的日田進入了林道，水城也跟了進去。他事先知道林道內的坡度和緩，所以努力避免速度慢下來。

滑了一會兒，出現一片樹林。水城回頭看向後方，彌生緊跟在後，但桃實不見了。這是絕佳機會。

他向彌生揮了揮手，衝進了旁邊的樹林。那裡的雪很鬆軟，所以很適合藏身。彌生也跟著滑進樹林。她開心地呵呵笑著。他們躲在樹木後方觀察著。

不一會兒，身穿紅色滑雪衣的桃實現身了。她完全沒有發現水城他們，直視前方滑了過去。

「太好了！」水城握緊拳頭，「很順利。」

「接下來就看日田了。」

「沒錯。」

他們回到林道，再度滑了起來，但必須控制速度。如果不小心超過桃實，就等於白費力氣了。

滑了一會兒，前方的視野開闊起來，出現了壓過雪的寬敞斜坡。在這裡玩割雪轉彎應該很痛快。

但是，水城腦海中閃過這個念頭後，立刻煞了車。因為他看到紅色的滑雪衣出現在前方。那個人坐在斜坡上。該不會是桃實？

而且，旁邊還有一個穿著灰色滑雪衣的人。

彌生來到水城身旁停了下來，「那是不是桃實？」

「應該是。和她在一起的……是日田嗎？」

「應該是。」

「這是怎麼回事？」雖然搞不清楚狀況，但水城滑了過去。

滑過去一看，果然是桃實和日田，而且他們立刻察覺到情況不對勁。日田脫下了滑雪板，抱腿坐在雪地上。

「桃實。」水城叫了一聲。

「啊，是水城。你來得正好，我還以為和你們走散了，正在傷腦筋呢。」

「怎麼了？」

「嗯……日田好像受傷了。」

「啊？」水城走到日田身旁，「你怎麼了？」

「我跌倒了。」日田無力地回答，「在結冰的雪道上，滑雪板邊緣打滑……」

「撞到哪裡？腿嗎？」

「可能……是背部。」

「有辦法活動嗎？」

日田微微偏著頭。他似乎很痛苦。

「水城，」彌生在後方叫著他，「我去找巡邏員。」

「不好意思，拜託了。」

水城目送彌生滑下去之後，將視線移回日田身上。日田沒有說話。他可能沒力氣說話。

「滑太快了嗎？」

「……有點。」

水城感到洩氣，但因為桃實也在，他只能忍耐。為什麼偏偏在這種時候受傷？計畫泡湯了。蜜月套房也白訂了。而且，搞不好這次旅行也必須提前結束。

不一會兒，聽到了噹噹噹的警笛聲。一輛雪上摩托車快速向他們駛來。

5

幸好日田的傷勢並不嚴重，送去救護室後，他已經可以坐起來，也可以稍微走幾步，但似乎還是很痛。

「我覺得最好去醫院檢查一下。」駕駛雪上摩托車的高個子巡邏員說，「附近就有醫院，我可以開車送你去。」

「是嗎？那就太好了。」日田誠惶誠恐地鞠了一躬，頓時皺著眉頭說：「好痛！」

目送著日田在巡邏隊員的攙扶下走向車子，水城嘆了一口氣。

「真傷腦筋，接下來怎麼辦？要再去滑嗎？」

「先去喝杯咖啡吧。」彌生提議。

「贊成。」桃實說，但她滿臉愁容。她一定在為日田擔心。

他們走進一家可以眺望家庭滑雪區的餐廳，水城和彌生點了生啤酒和毛豆，桃實點了冰紅茶。

「這傢伙真衰啊，竟然在這種時候受傷。」因為桃實也在場，所以不能提告白的事，但水城還是忍不住抱怨。

「難得有這麼棒的雪，他真的太可憐了。」桃實似乎理解成不同的意思，皺著眉頭小聲嘀咕。

水城的手機響了。是日田傳來的訊息，上面寫著：「看診和治療結束了，斷了一根肋骨。我直接回飯店，去剛才的房間休息。原本的計畫中止，拜託了。」

計畫中止——水城並不感到意外，現在根本無心告白。

他把日田骨折的事告訴了桃實和彌生，她們都皺起了眉頭。

「骨折了嗎？哇，這下慘了。」彌生張大了嘴巴。

「他剛才就一臉很痛的樣子。」桃實沮喪地說。

水城看了手錶，已經下午四點多了。天色也暗了下來。雪山的夜晚來得比較早。

「那我們也回去吧。」水城說。

兩個女生都點頭表示同意。

回到飯店，把滑雪板放進置物櫃後，彌生走去櫃檯拿鑰匙。桃實說，她要去投幣式置物櫃拿她和彌生的行李。在等她們的時候，水城用手機撥給日田。

「喂？」電話中傳來無力的聲音。

「你還好嗎？」
「馬馬虎虎。」
「你在幹什麼？」
「我在房間睡覺。」
「沒辦法動嗎？」
「很勉強，而且會很痛。」
「可以出去吃飯嗎？」
「不行，你幫我去便利商店帶些食物回來。」
「好。那我先回房間。」
水城掛上電話時，彌生剛好走回來。桃實也用推車推著兩個人的行李回來了。
「那我們先各自回房間休息一下。」水城對她們說。
「不好意思，」桃實語帶遲疑地開了口，「你們房間的鑰匙可以借我一下嗎？」
「啊？為什麼？」
桃實難以啟齒地低下頭，然後下定決心似地抬起頭說：
「他……日田今天晚上應該會很辛苦，可能吃飯也有困難，所以我覺得最好有人隨時陪在他身邊。我在想……」

「我懂了。」彌生說，「小桃想要陪在日田身邊。」

桃實用力點頭。

彌生笑著對水城說：「情況就是這樣。水城，你把鑰匙給她吧。」

事情的發展出乎意料，但水城當然求之不得。他從口袋裡拿出鑰匙交給桃實，「日田就拜託妳了。」

「不好意思，我提出這麼無理的要求。」桃實向他道歉。

「小桃，妳趕快去陪他，我有事要和水城商量。」

「嗯，好吧。」桃實從推車上拿了自己的行李說：「那就一會兒見。」

「我等一下去拿我的行李。」

「好。」桃實回答後，快步走向電梯廳。

水城目送她的背影離開，噗哧一聲笑了起來，「簡直就是因禍得福。」

「船到橋頭自然直。」彌生說完，用力拍了一下手，「忘了一件重要的事。」

水城看到她走向櫃檯，也想了起來。沒錯，那樣東西還寄放在櫃檯。

彌生走了回來，臉上帶著苦笑。水城看到她手上的東西，也忍不住苦笑起來。

那是一束鮮紅色的玫瑰。原本是為日田準備的。在告白時，他要把這束花獻給桃實。

「這束花也派不上用場了。」

「既然都已經準備了，不如放在蜜月套房內？」

「對啊，好主意，也許可以體會一下新婚夫妻的心情。」

「呵呵呵，也許吧。」

水城看了彌生的反應，忍不住興奮起來。她似乎並不排斥他們即將一起入住蜜月套房。

太幸運了，簡直就是天上掉下來的禮物。水城雖然知道不應該，但還是很想感謝日田發生意外。他事先已經確認，蜜月套房內只有一張大床。當兩個人睡在同一張床上，彌生也是大人，應該不會強烈抗拒。

走到電梯廳時，水城按了電梯。等一下進房間後，要輕鬆地開幾句玩笑，然後注視彌生的眼睛，很自然地抱著她接吻——他在腦海中想像著進房間後的步驟。

電梯到了，門打開了，但彌生沒有走進電梯。

「怎麼了？」

水城問。彌生露出調皮的笑容。

「遊戲到此為止，去房間之前，我有話要告訴你。」

❄

6

❄

門鈴響了。

「來了。」日田回答後，打開了門。彌生滿面笑容地站在門外。

「搞定了？」日田問。

彌生用手指比出OK的手勢說：「萬無一失。」

「喔！」背後傳來男人和女人的聲音，還有拍手的聲音。

日田讓彌生進來之後，關上了門。

「辛苦了。」坐在床上的桃實對彌生說。

「小桃，妳才很辛苦吧，必須一直演戲。」彌生看著桃實的視線移向日田，「還有你也是。」

「不會，因為是我提出的計畫嘛。」

「我玩得很開心啊，水城完全沒有發現，實在太好玩了。」桃實笑著說。

「日田，你受傷的演技也太逼真，簡直就像真的受了傷。」彌生說。

「沒有啦。」日田忍不住害羞起來。「因為我之前曾經看過幾個單板滑雪客受傷，而且很慶幸有巡邏員根津先生的幫忙。」

「對，他的演技也很出色。」

日田看著坐在窗邊椅子旁的一對男女。

「這次多虧月村他們的幫忙，還介紹了根津先生給我們認識。」

「小事一樁。」那個男人搖著手說。他是日田的後輩，名叫月村春紀。「一方面是前輩拜託，最重要的是，我們很希望水城先生他們能夠幸福。」

「對啊對啊。」月村的太太點著頭，她也是日田的後輩，名叫麻穗。「但是水城先生沒問題嗎？他能搞定嗎？」

「他絕對不會有問題。」彌生說，「畢竟是經歷過大風大浪的人。他聽到我告訴他實情時很驚訝，但最後下定了決心。」

「彌生，真的很感謝妳。」日田再度鞠躬向她道謝。「如果沒有妳的協助，這次的計畫絕對無法成功。」

彌生搖了搖手說：

「別這麼說。我並不討厭水城那種男人，但很同情那種男人的女朋友，所以當你來問我時，我馬上答應幫忙。」

「多虧了你們，今晚又有一個女人抓住了幸福。」麻穗雙手握在胸前，一臉陶醉的表情，「好浪漫……」

日田看著每個人臉上充實的表情，感到心滿意足。水城一直很照顧他，為了感謝水城，他安排了這次的計畫。

而且——

任何人都有收心的時候。他看著窗外飄起粉雪，在內心對好友說，祝你幸福。

❄ 7 ❄

水城深呼吸後，按了門鈴。心跳持續加速。鎮定。他告訴自己。怎麼可以在這種時候驚慌失措——

喀答一聲。門打開了。門內的人抬頭看著他，瞪大了眼睛。

「咦？你怎麼會在這裡？」

「嗨！」水城笑著向她打招呼。他知道自己的臉頰有點緊繃。

木元秋菜穿著粉紅色毛衣，連續眨了好幾次眼睛。

「為什麼？為什麼？你為什麼會在這裡？這是怎麼一回事？」她一口氣問道，但臉上露出了欣喜的表情。

「說來話長，我可以進去再說嗎？」

「喔……好啊。咦？為什麼？我搞不懂。為什麼、為什麼？」

秋菜後退著，水城走進了房間。蜜月套房內有一個大客廳，放著沙發和茶几，隔壁應該是臥室。這原本是為日田和桃實準備的房間。

「是月村他們帶妳來的吧？」

「是啊，原本今天約好和麻穗一起去做抒壓按摩，今天早上，她打電話給我說，可以免費住里澤溫泉的飯店，邀我一起來……而且不知道是怎麼回事，只有我一個人住這麼大的房間。我說讓麻穗他們住在這間，他們說，已經把行李拿去房間，懶得再換了……這不重要，我想知道你為什麼會在這裡？這是怎麼回事？我完全搞不懂。」

「啊呀，這個嘛，就是我事先安排好的，請月村他們把妳帶來這家飯店。」
「為什麼？」
「當然是為了想要給妳一個驚喜啊。」
「驚喜？」秋菜偏著頭。
水城下定了決心。事到如今，只能衝了。當然不可能對她實話實說。
他把藏在背後的東西遞到秋菜面前。
就是那把鮮紅色的玫瑰花。
秋菜困惑的臉上漸漸露出喜悅，看了看玫瑰，又看著水城。
「咦？什麼意思？你要幹嘛？」她的聲音中明顯充滿了期待。
在眼前這種狀況下拿出玫瑰花，當然只有一句話可說。
「秋菜，對不起，讓妳等了這麼久。」
「啊？」
「我們結婚吧，我會讓妳幸福。」
水城在說這句話的同時，內心懊惱不已。既然要求婚，就應該事先好好準備，思考該怎麼說。沒想到一輩子只有一次的場面，自己竟然會說出這麼了無新意的話。

但是，即使只是乏善可陳的話，也成功打動了秋菜的心。她漸漸紅了眼眶，通紅的雙眼流下了眼淚。她雙手捂著嘴，似乎說不出話。

「秋菜，」水城叫著她的名字，「妳應該會答應吧？」

秋菜沒有回答，但她緊緊抱住了水城。她的身體微微顫抖著。水城單手拿著花束，雙手抱住了她。

他媽的，竟然被擺了一道——水城腦海中浮現出日田的臉。我這個天下頭號花花公子竟然會栽在那傢伙的手上。

但也多虧了他，此刻自己沉浸在深深的幸福之中。水城覺得自己終於找到了追求了多年的東西。雖然很不甘心，但水城決定要請日田喝香檳。

箱形纜車　重演

1

看著一整排口紅，桃實忍不住嘆著氣。

雖然都是紅色的口紅，卻很豐富多樣。有像深紅玫瑰般的紅，也有可以稱為粉紅色的紅。還有接近朱色，但如果要問是什麼顏色，只能說是紅色的微妙顏色。至於客人最適合哪一種顏色，必須視每個人的個性而定。要找到適合每個人的顏色很不容易，有時候以為很適合自己的顏色，在旁人眼中卻完全不適合。

更何況有些口紅在不同的角度時，會呈現不同的顏色。這種時候，到底該怎麼辦？

「妳在發什麼呆啊？」

聽到有人對自己說話，桃實回過神。同事山本彌生皺起眉頭看著她。彌生的手上抱著一個盒子。

「十分鐘後就開始營業了。新年剛開始就減少了人手，如果不勤快點，根本忙不過來。」

「啊，對不起，我在想事情。」桃實再度開始排列口紅。她們在百貨公司的化妝品專櫃工作。

彌生把臉湊到桃實面前，小聲地問：

「妳在想什麼事？該不會是滑雪旅行的事？」

「嗯，是啊，差不多……」

「妳還在猶豫嗎？妳還真喜歡煩惱。」彌生把盒子放在展示櫃上，很受不了地搖著頭。

「我並沒有喜歡煩惱。」

「妳想去就去，不想去就拒絕。我覺得事情就這麼簡單。」

「我想去啊，因為一起去的成員都很好玩。」

「既然這樣，那就去啊。」

「嗯。」桃實低吟著，彌生焦急地拍著盒子說：

「妳是在意日田嗎？」

桃實看著好友的臉，用力點了點頭。

彌生聳了聳肩說：「當然，妳不可能不在意。」

「因為其他四個人剛好是兩對，而且一對是夫妻，另一對即將結婚。目的不是很明顯嗎？」

「是為了撮合妳和日田，對嗎？而且，這件事有這麼糟嗎？妳不是也不討厭日田嗎？應該說，有點喜歡他。我現在還記得，妳在飯店看到他時，眼睛都冒出愛心了。」

「當時的確是那樣……」

「在設計水城時，妳不是很佩服日田，說他很為朋友著想，是個好人嗎？」

「我是真的這麼認為。」

「我原本以為妳和日田會在那之後開始交往，沒想到並沒有。」

「因為他什麼都沒說啊，也沒有約我出去。」

「日田在這方面的確太遜了。聽水城說，因為妳在滑雪聯誼時曾經拒絕過他，所以他認為沒有希望了，但他現在仍然喜歡妳，這點不會錯。」

「是嗎？」桃實偏著頭。

「那妳呢？妳想和日田在一起嗎？還是不想和他在一起。」彌生的語氣有點不耐煩。

「……不知道。」

「啊？這算什麼回答？」

「因為我真的不知道，我不太瞭解日田這個人。」

彌生不耐煩地攤開雙手說：「既然這樣，那就去參加旅行，好好瞭解他啊。如果討厭他，以後就別再見面了，這樣不就解決了嗎？」

「我覺得……應該不會討厭他。」

「那就和他交往啊！」

「但如果也沒有想要和他交往呢？到時候該怎麼辦？」

「我怎麼知道？妳想怎麼辦就怎麼辦啊！」彌生抱著盒子走了出去，但又停下腳步，「不過，我要告訴妳一句話。現在還有人願意為妳撮合，妳想一想自己的年紀。再過一、兩年，誰都不會理妳了。」

彌生說完，再度邁開了步伐。桃實目送著她的背影，覺得她說得很有道理，也許機會真的不多了。

2

「結果，大便變成了綠色。無論怎麼看都是綠色。既不是苔綠色，也不是帶綠的棕色，而是鮮豔的綠色。我覺得這下子慘了，可能得了什麼怪病。但是看了衛生紙，覺得實在太奇怪了，因為顏色未免太鮮豔，不像是人體製造出來的，簡直就像是顏料的顏色。這時，我突然想到，前一天晚上喝酒時，我在玩顏料。我姊姊和姊夫過年時也回了老家，還帶了讀幼稚園的姪女一起回來，那是我姪女的顏料。我忍不住緊張起來，該不會喝醉酒時吃了顏料？因為我隱約記得，喝酒的時候覺得下酒菜沒了。」

所有人聽了水城的話都忍不住感到驚訝。

「什麼？你吃了顏料？」水城的同事月村瞪大眼睛問：「結果呢？」

「我慌忙問了我姊姊，綠色的顏料有沒有減少。我姊姊說，並沒有明顯減少。我以為是自己想太多了，結果我姊姊接下來說的話，讓我差一點昏倒。她說，綠色的顏料雖然沒有異狀，但藍色和黃色的顏料用光了。」

其他五個人停頓了一秒，哄堂大笑起來。

「怎麼回事？所以說，你吃了藍色和黃色的顏色，結果在你肚子裡混合，變成了綠色嗎？」月村向他確認。

「好像是這麼一回事。當時我嚇壞了。」

「顏料吃進肚子沒問題嗎？」月村的太太麻穗嗲聲問。

「我也很擔心，所以就查了一下。這才知道為了以防萬一，兒童用的顏料沒有毒。」

「是什麼味道？好吃嗎？」月村問。

「我不記得了，應該不好吃吧。」水城若無其事地回答。

「以後要小心點，你這個人一旦喝醉，就完全不知道會做出什麼事。」木元秋菜雖然也跟著笑了起來，但忍不住皺起眉頭。雖然她還沒有和水城結婚，但已經有太太的架式了。

「喔，真的欸。」坐在桃實對面的日田操作著手機說道，「真正的顏料有毒，但兒童使用的丙烯酸顏料很安全，即使誤食，也不會有問題。」

水城剛才不是已經說了嗎？桃實有點不耐煩。難道就不能說些更詼諧幽默的話嗎？特地用手機上網查，結果只是重複別人的意見也未免太乏味了。果然不出所料，其他人也不知道該怎麼回應，只能含含糊糊地說，果然是這樣啊。

他們六個人正在新幹線上，面對面坐在三人座的椅子上。一個小時前從東京出發，準備前往里澤溫泉滑雪場。從各種意義上來說，桃實在那裡有很多回憶。

十天前，水城邀她一起去滑雪旅行。得知一起旅行的成員是月村夫婦、水城、秋菜和日田後，她的心情有點複雜。

她認識所有人。新年過後，水城就在東京都內的居酒屋舉辦了訂婚派對，桃實也受邀參加了。水城在派對上介紹桃實是「在滑雪聯誼時對日田說抱歉的女生」。之前設計水城時，就已經見過月村夫婦，但並沒有在秋菜面前提起這件事。

水城邀請桃實一起去旅行的理由很明顯。他一定想要撮合桃實和日田。

桃實猶豫了很久，最後決定參加，是認為也許可以趁這次機會確認自己的心意。正如彌生所說，桃實並不討厭日田。看到他在飯店工作的身影，真的覺得他很瀟灑。但是，之後不時和日田、水城、彌生一起聚餐，也一起去滑雪旅行。雖然那次旅行的真正目的是為了設計水城。

但是——

日田一旦離開飯店的工作崗位，就完全無法讓桃實動心，反而經常讓她感到失望。比方說，談吐的問題。無法像水城那樣話題豐富也沒問題，既然不會說話，就乖乖當一名聽眾。但是，日田聊到自己熟悉的領域，不管對方有沒有興趣，都會沒完沒了地說下去。即使桃實不經意地試圖改變話題，也完全無效。如果想要逃避，只能找藉口暫時離開。

而且，他也很不懂得察言觀色。水城他們的訂婚派對上，坐在旁邊的麻穗遞給桃實一張卡片和簽字筆。桃實一看卡片，發現大家都在上面寫了祝福的話，立刻知道是想要給水城他們一個驚喜。於是，桃實也偷偷地在桌子下寫祝福的話，沒想到日田探頭問她：「咦？這是什麼？妳在寫什麼？」水城顯然發現了。當然，水城和日田不同，很懂得察言觀色，所以假裝沒有發現。

日田的服裝品味也很差。他似乎認為自己很適合紫色，桃實看到他今天穿的襯衫，忍不住想要搖頭。

但是，他也有優點。

他很魯莽，反過來說，就是這個人的精力很旺盛。不知道是否因為在飯店工作的關係，他很樂意幫助他人。他不懂得察言觀色是因為遲鈍，但心情調適的速度也很快。聽說他好幾次嚴重失戀，仍然很快就能振作起來，只能說他是一個不屈不撓的人。

任何人都同時有優點和缺點，關鍵在於優點多，還是缺點更多。桃實打算在這次旅行中好好觀察。

3

里澤溫泉滑雪場的雪況十分理想。他們搭了箱形纜車，又搭了吊椅纜車來到山頂，充分享受了滿滿的粉雪，樹林雪道更是超棒。桃實很擅長單板滑雪，其他五個人的技術更略勝一籌。即使遇到樹木密集的地方，也完全沒有放慢速度，輕巧地穿梭其中，桃實好不容易才能跟著他們。

「太暢快了，沒想到雪況這麼出色，簡直置身天堂，單板滑雪真是讓人欲罷不能啊！」秋菜坐在四人吊椅纜車上，深有感慨地說。

「我上個星期和爸媽一起去滑雪旅行，當時的雪況也很棒。」坐在秋菜另一側的麻穗說。

「對了，聽說你們全家人都玩雙板滑雪，所以月村也挑戰了雙板？太了不起了，這樣的女婿太出色了。如果是水城，絕對不願意這麼做。」

「是嗎？我倒覺得水城先生在這方面會很出色。因為他不是很懂得取悅別人嗎？妳父母不是也很喜歡他？」

「他的確很懂得討別人的歡心，因為他就是靠那張嘴騙吃騙喝。為了達到目的，可以若無其事地說一些言不由衷的話，所以才無法相信他。我即使結了婚之後，也不會相信他。」

桃實聽了秋菜的話不由得感到佩服。原來是這樣，太了不起了。秋菜說的話完全正確，桃實也認為水城是一個必須隨時警惕的男人。當初也是因為他打算和彌生劈腿，才會演變成向秋菜求婚。

秋菜既然在瞭解這些情況之後，仍然打算嫁給水城，代表她很有勇氣。不，應該代表她很愛水城。

「唉，」秋菜嘆著氣，「如果水城有日田一半的老實，那就完美無缺了。」

「是啊，日田先生真的很老實。」

「應該說，他太不靈活了，不懂得隨機應變，所以在一旁看著他，經常覺得心浮氣躁——桃實，妳是不是也有這種感覺？」

秋菜突然問桃實，桃實有點不知所措。

「啊？嗯……好像是。」

「他這個人很遲鈍。身為他的朋友，我向妳道歉，真的很對不起。在滑雪聯誼時被這麼笨拙的男人告白，誰都會拒絕。他八成做了很多讓人想要翻白眼的事。我們也很希望他能夠稍微改善一下，問題是江山易改，本性難移。」

「不過他人真的很好。」麻穗也補充說。

「沒錯沒錯，我可以保證他是個好人。雖然他不夠靈活，但並不完全是缺點，他不會說謊，做事一絲不苟，即使遇到麻煩事，也不會逃避，所以在工作上也得到很高的評價。只不過在私生活中，就無法充分展現這些優點了，因為他真的不夠靈活。」秋菜嘆著氣說。

她們的目的很明顯，希望藉由列舉日田的優點，打動桃實的心。

「日田真的是好人，」桃實說，「我很清楚這一點。」

「是嗎？也對，你們見過好幾次，的確可以瞭解。」

「我發現他也有很多好朋友，你們都對他讚不絕口。」

「啊……我們並不是在向妳推銷他。」秋菜說話的聲音降低了八度，她應該也知道桃實察覺到她們的真正目的。

但是，桃實覺得纜車上的這番談話並非沒有意義。因為她藉此瞭解到，日田的所有朋友，無論男生還是女生都很喜歡他。

下了纜車，水城和其他男生都等在那裡。

「差不多該吃午餐了。」水城說：「我們去日向滑雪場的食堂集合，大家可以走不同的路線，怎麼樣？最後一名要請大家喝啤酒。男生讓女生一分鐘。」

「啊！」秋菜發出不滿的叫聲，「只讓女生一分鐘？不要說這種小家子氣的話。」

「妳自己滑得超快，竟然還敢說這種話。好吧，那就讓妳們三分鐘。大家卯足全力，加油吧！」

水城說完後，大家紛紛響應。桃實也坐在雪地上穿固定器。一旁的日田已經準備就緒，看著滑雪場地圖。

「日田，你要走哪一條路線？」桃實問他。

「既然來滑雪，我打算走一條滑起來很舒暢的路線。我有一條珍藏的路線。」

「是喔，聽起來很棒。」

桃實正在和日田聊天，水城突然出發了。

「啊，你太奸詐了。」秋菜立刻追了上去。

「走吧！」月村叫了一聲，也滑了起來，但他似乎打算走和水城他們不同的路線。麻穗當然緊跟在他的身後。雖然水城說，每個人可以走不同的路線，但最後還是成雙成對一起滑。

桃實怔怔地看著他們離去，沒想到日田不發一語地出發了。他身體壓得很低，一看就知道卯足了全力。

「啊，等一下……」桃實覺得他這樣突然出發很莫名其妙，但還是跟了上去。日田還是一如往常地飆速，不，應該說，他比平時飆得更快。桃實看著他漸漸縮小的身影，忍不住感到生氣，不知道他到底在想什麼。

無論在任何場合，遇到任何事都全力以赴地投入是優點。桃實並不欣賞有些人覺得只是和朋友比賽，就沒必要認真的冷漠態度。即使是朋友之間的比賽，認真對待是一件好事，但也仍然必須看場合。難道他沒有想到，自己滑得那麼快，桃實會跟丟嗎？他這麼不想請其他人喝啤酒嗎？

桃實想著這些事——

結果發現，果然跟丟了。

剛才還可以勉強看到日田的身影，如今已經不見蹤影，而且桃實根本不知道自己身在何處。她向前後左右張望，完全沒有看到任何人。這裡似乎是鮮為人知的秘境。

她正感到不安，一名雙板滑雪客出現了。「不好意思。」桃實用力揮著手。

那名男性滑雪客在桃實身旁停了下來。

「我要去日向滑雪場，請問該往哪裡走？」

「日向滑雪場？喔，從這裡穿過去就好。」桃實看著他指的方向，忍不住嚇了一跳。雖然有幾條有人滑過的痕跡，但看起來不像是正規的雪道。

「這是正式雪道嗎？」

「是啊，但因為沒壓過雪，所以要小心點。」那個人用輕鬆的口吻說完後滑走了。

桃實滑去那個斜坡，戰戰兢兢地向下看。

那裡是一片出色的粉雪區域，但坡度很陡。桃實內心感到不安，因為她不太會滑積雪很深的陡坡。

但是，必須從這裡滑下去，才能前往大家集合的地點。日田應該就是從這裡下去的，現在他應該發現桃實沒有跟在身後，可能會等在中途，所以自己不能害怕。

桃實下定決心後，鼓起勇氣滑了起來。

她猛然加快速度，但身體有點跟不上。她心想不妙，把重心稍微移向前腳。就在這時，滑雪板的前端卡進了積雪。

她發現情況不妙時，已經來不及了。她的身體滾了一圈，臉朝下埋進了雪地。

4

桃實在穿固定器時，滑雪衣口袋裡的手機響了。埋進雪地時，必須先脫下滑雪板，才有辦法站起來。雖然只是脫下滑雪板這麼簡單的事，卻耗費了很長時間。因為在雪地中越掙扎，就埋得越深，身體越發無法動彈。體力耗盡，滿身大汗。她在中途拿下了雪鏡，因為雪鏡都起了霧。

電話是日田打來的。「喂？是桃實嗎？」

「我是桃實，對不起，讓你久等了。」

「妳還好嗎？妳人在哪裡？」

「我也不知道，是未壓雪的陡坡。我跟在你後面，結果就被埋進雪地了……」

「啊？妳跟在我後面嗎？」日田驚訝地問。

「是啊！你不知道嗎？」

「我完全沒有發現。是喔，是這樣喔。」

為什麼沒有發現？桃實忍不住感到生氣。出發之前的對話，不是就可以想到自己會跟著他嗎？

「日田，你在哪裡？」

「我嗎？我在食堂，正在吃野澤菜擔擔麵。」

桃實把手機放在耳邊，無力地垂下頭。他根本不知道自己跟在他身後，當然也不可能在半路上等自己。

「請你轉告大家，不必為我擔心，我會慢慢滑下去。對了，我會付啤酒錢。」

「嗯，我知道了，我會先代妳付啤酒錢。」

「謝謝你，那就見面再聊。」桃實說完，不等他回答，就掛上了電話。

把手機放回口袋時，她覺得自己可能無法和日田交往。

也許日田也覺得這樣比較好。
雖然日田對桃實有些好感，但這種好感並不強烈。如果真心喜歡桃實，應該會隨時注意她，小心不讓她跟丟。
桃實一路滑，一路想著這些事，終於來到了日向滑雪場。她脫下滑雪板，垂頭喪氣地走向食堂。她已經筋疲力竭，滑雪衣下也滿身大汗。
「桃實。」前方傳來叫聲，抬頭一看，日田滿面笑容站在食堂門口，「辛苦了。」
桃實沒力氣回答，把滑雪板放在架子上。
「其他人先去滑雪了。」日田走到她身旁。
「是嗎……不好意思，還讓你在這裡等我。」
水城他們應該是刻意讓日田和桃實兩個人獨處。
「妳到底在哪裡跌倒了？」日田問。
「就是未壓雪的斜坡，從林道旁的岔路進去……」
「喔！」日田拍著手，「原來妳去了那裡。」
「你不是從那裡下來嗎？」
「不是。那裡當然也可以，但再稍微往前一點，左側有更輕鬆的雪道。是喔，原來妳在那裡跌倒了。哈哈哈哈，那裡可能真的不太好滑，哈哈哈哈。」

看到日田開懷大笑，桃實立刻火冒三丈。她蹲下來，抓了一把地上的雪，丟向他的臉。

「哇！幹嘛？」

「有什麼好笑的？」桃實大聲說道：「你知道我在雪地中動彈不得，有多害怕嗎？而且，你為什麼不等我？」

「不是啦，因為我不知道妳跟在我後面啊！」日田驚恐地轉動著眼珠子，手足無措起來。

「我當然會跟在你後面啊，為什麼連這種事都想不到？」桃實越想越生氣，不由得悲從中來。她再度蹲在地上哭了起來。她用手套捂著臉啜泣著。因為剛才拿下了雪鏡，冰冷的濕手套碰到了臉頰。

「既然這樣，」日田幽幽地說：「妳應該告訴我啊。」

「什麼？」桃實抬起了頭，日田跪坐在她面前。

「妳應該告訴我，妳會跟著我走。」他又重複了一次。

「如果我不說，你就不知道嗎？秋菜和麻穗即使沒有說，不是也跟著水城和月村走嗎？」

「因為他們是夫妻，或是未婚夫妻啊，但我和妳不一樣，不是嗎？也許妳想走和我完全不同的路線，原本滑雪不就是在各自喜歡的地方滑嗎？」

「但有的人需要有人帶路啊，難道你不能為這種人帶路嗎？」

桃實心想，如果他說不能，那就真的出局了。如果連這種事都無法協調，根本無法成為人生的伴侶。

「也不是不能……只是我比較不擅長。」

他果然比較不擅長。桃實不禁感到失望。

「滑得很開心的時候，不是經常無法顧及到後面的情況嗎？而且也不知道後面的人技術怎麼樣，根本不知道該走哪一條路線，也很難控制速度。」

「原來是這樣。」

桃實聽了他的話，終於瞭解了。

不光是滑雪，日田這個人應該在所有方面都一樣。回想起來，他的確一直都是這樣。

最好還是打消和他在一起的念頭——桃實內心萌生了放棄的念頭。

「如果，」日田開了口，「如果要一起滑雪，也許妳在前面滑，我跟在後面比較好。」

「……我在前面滑？」

「對。」

「但這樣的話，你不是會覺得不過癮嗎？也無法飆速度。」

「這種事好解決。」日田笑著站了起來，向桃實伸出右手，「接下來就採取這種方式。」

桃實點了點頭，拉著他的手站了起來。

走進食堂後，桃實沒有食欲，就點了一份冰淇淋。日田喝著咖啡。他又穿了那件有護墊的內衣，但桃實看到他穿在內衣外的紅色T恤，忍不住偷偷嘆氣。那件紅色T恤的胸前用白色的字大大地寫了「鬥志」兩個字。

「怎麼了？」日田似乎發現桃實在看他。

「沒有……你很喜歡這件T恤嗎？」

「啊？這件？沒有啊，不知道哪裡來的獎品，所以就拿來穿了。」

獎品──難得出門旅行，為什麼要穿這種衣服？

「我覺得應該有更適合你的衣服，平時穿的衣服也一樣。」桃實鼓起勇氣說了實話。

「妳是說這件事，」日田害羞地抓了抓頭，「大家經常說我穿衣服很沒品味，但我完全不知道自己該穿什麼衣服。」

桃實聽了，突然有了一個想法。

「如果你不嫌棄，我可以幫你挑選。」

「啊？妳願意幫我選衣服嗎？」

「雖然會按照我的喜好為你挑選衣服。」

「好啊，太好了。那我下次要去買衣服時就找妳。」

「沒問題。」桃實在回答時，腦海中已經開始表演時裝秀。模特兒當然是日田。想像著他穿各種衣服的樣子，忍不住興奮不已，簡直就像在為洋娃娃打扮，只不過這次是活生生的人。日田身材不錯，所以穿飯店的制服很好看，為他打扮應該很有成就感。

桃實覺得似乎掌握了和日田相處的訣竅。

❄ 5 ❄

桃實滑得很開心，結果來到一片危險地帶。原本以為是蓬鬆的粉雪斜坡，沒想到粉雪下方隱藏著堅硬的突起。桃實整個人彈了起來，不慎跌倒了。她慌忙坐了起來，東張西望著。

「妳沒事吧？」頭頂上方傳來聲音。

日田來到她身旁，向她伸出右手。

「我沒事。」桃實抓著他的手站了起來。「謝謝。」

「下面很硬，妳要小心點，不要被雪地表面迷惑了。在滑的時候，要用腳底確認斜坡的感覺。」

「好。」桃實在回答後滑了起來。用腳底確認斜坡的感覺──這個要求未免太高難度，自己當然不可能做到，結果滑了不遠，又跌倒了。

「妳還好嗎？」這次又立刻聽到日田的聲音。他向桃實伸出手。

「我沒事。」桃實站了起來，再度滑了起來。她知道自己比平時更積極勇敢。

在食堂休息片刻之後，他們兩個人開始一起滑雪。按照日田的提議，桃實在前面滑，日田跟在後面，果然一切順利，完全不必擔心走散。每當桃實停下或是跌倒時，日田就會出現在她身旁，但他並沒有緊跟在桃實後方。桃實偶爾回頭張望，發現他不時衝上坡道，或是去滑雪道旁的粉雪，自己找樂趣樂在其中，但隨時注視桃實的動向。

因為知道日田就在身後，桃實就放心地挑戰各種斜坡，就連之前感到害怕的深雪地區也照闖不誤。因為即使在雪地中跌倒，日田也會來救她。認識他至今，第一次發現原來他這麼可靠。

「你在我後面滑，會不會覺得很無聊？」搭吊椅纜車時，桃實問他。

「啊？為什麼會無聊？我覺得很開心啊，而且也可以仔細欣賞妳滑雪的樣子。」

「但是，沒辦法去你原本想去的地方，不會覺得很不耐煩嗎？」

「完全不會啊，無論在哪裡滑都很開心，而且也不必思考妳可能想去哪裡滑，只要跟著妳就好，這樣很輕鬆。」

「那就好。」

「嗯，妳不必在意。」

日田的回答聽起來不像在說謊，他原本就不會說一些言不由衷的話。

桃實想起剛才在食堂時浮現的靈感，然後開口問道：

「日田，你對神社佛閣之類的有興趣嗎？」

「啊？神社佛閣？」日田驚訝地反問。

「你果然沒興趣嗎？」

「我也不知道，因為從來沒有考慮過這個問題。妳為什麼突然這麼問？」

「不瞞你說，我是神社佛閣迷。」

「啊？是這樣啊。」

「我很喜歡去參觀寺院或是神社，假日的時候，經常一個人去參觀。」

「是喔，我第一次聽說。」

「因為很入迷，所以很少告訴別人，擔心別人覺得我很陰沉。」

「是嗎？我倒覺得這個興趣很不錯啊。」

「那你願意和我一起去嗎？」

「啊？去哪裡？」

「下次放假時，我打算去鎌倉。因為好久沒有去看大佛了，但一個人去太孤單了，所以很希望找人陪我去。」

日田轉身面對桃實。

「如果妳覺得我可以，我當然沒問題。妳下次什麼時候休假？」

「下星期一。」

「下星期一。太巧了，那天我剛好排了休假，一起去，一起去。」日田興奮地說。

「那就這麼決定了。鎌倉要上午去比較好，所以我們一大早從東京出發。」

日田聽了桃實的話，繃緊了身體。「一大早？」

「對。」桃實回答。接下來才是關鍵。

「你果然不喜歡一大早就去參觀陰森森的神社佛閣嗎？」

「不。」短暫的沉默後，日田開了口，「沒這回事，我和妳一起去。原本那天早上我有點事，但我會想辦法解決。」

「真的嗎？哇，真是太棒了。」

「但我完全不瞭解神社或是寺廟之類，這樣會覺得有趣嗎？」

「沒問題，但如果事先掌握基礎知識，應該更能夠樂在其中，也可以聊得很開心。」

「我想也是，要去哪裡學這些基礎知識呢？」

「有幾本書可以參考，你看了書就知道了，晚一點告訴你。」

「好啊，那我會在下個星期一之前看完。」日田充滿鬥志地斷言。

果然和我想的一樣——桃實在點頭時，內心更有把握了。

日田和女生相處時，並不是掌握主導權的男人，相反地，如果女生掌握主導權，更能夠襯托他的優點。無論是穿衣服還是興趣愛好，他都很樂意聽從女生的指示。說得極端一點，他是很容易配合女生改變的男人。

桃實並不喜歡男生太強勢，她更希望自己掌握主導權，讓男生配合自己。但她覺得男人不喜歡這樣的女生，所以一直很克制。和日田在一起時，就不會有這方面的不滿。

以後要如何改變這個男人？桃實忍不住發揮了無限的想像。

桃實很期待星期一的到來。日田一定會仔細閱讀她推薦的書，因為他將犧牲重大的一天。

下個星期一——那天早晨，將全球實況轉播日田最愛的美式足球最大的盛事，超級盃的比賽。

6

他們一路滑到箱形纜車站，看到了水城和其他人。他們剛才用電話聯繫後，約在這裡見面。他們也發現了桃實和日田，用力揮著手。

「辛苦了。」水城問她，「還好嗎？」

「太開心了。」桃實回答後，徵求日田的意見，「對不對？」

日田用力點點頭，「真是太棒了。」

「怎麼回事？感覺很不錯喔。有什麼故事嗎？」秋菜露出一臉賊笑。

「這不是很好嘛？搭纜車時再好好盤問他們。」

水城抱著滑雪板走了起來，桃實和日田也跟了上去。

纜車站有點擁擠，但這裡的纜車最多可以十二個人搭乘，所以隊伍不斷向前進，很快就輪到了桃實他們。他們六個人走進纜車後，又有一對情侶跟了上來。因為搭纜車的人很多，所以難免要跟其他人共乘。

「今天滑了很多地方，有點累了。」

秋菜說著，拿下了雪鏡。這時，坐在對面那對情侶的女人「啊！」了一聲，「木元小姐！」

「啊？妳是誰？」秋菜驚訝地問。桃實也看向那個女人。

「是我，是我啊！」那個女生拿下了雪鏡和圍脖。

桃實看到那個女人的臉，心臟幾乎從喉嚨跳出來。因為她和那個人也很熟。

有幾個人驚叫起來。

「橋本小姐！」麻穗最先叫了對方的名字。

沒錯，那個女人就是橋本美雪，也是和桃實有關係的人。

「啊，聽這個聲音……」

「我是月村麻穗，好久不見。」

「果然是麻穗。哇，好懷念喔，所以說，旁邊這位是？」

「我是月村。妳好。」

「啊！」那個女人在胸前握著雙手，「竟然有這種事！真是太巧了！」

「呃，不知道妳還記不記得，」水城緩緩把雪鏡推到額頭，「我是水城。」

「是宴會部的？」

「沒錯沒錯，很榮幸妳還記得我。」

「當然記得啊。」美雪說這句話時，視線微微向旁邊移動，日田坐在那裡。日田鞠了一躬說：「我是日田，好久不見。」

「啊，你好……」桃實發現美雪的表情有點僵硬。她為什麼只有對日田表現出這種態度？

美雪也瞥了桃實一眼，但立刻將視線移回秋菜他們身上。美雪可能判斷，自己不認識這個女人吧。桃實戴著雪鏡和圍脖，完全遮住了臉。

「橋本小姐，妳已經結婚了吧？」秋菜問。

「對，去年春天結了婚。」

「所以說，這位是……」秋菜看著美雪身旁那個高個子男人。

「他是我老公。」美雪喜孜孜地回答。

「妳好。」男人鞠了一躬。桃實很熟悉那個男人的動作和聲音。

他是廣太。兩年前，他們差一點交往。他們也一起來里澤溫泉，而且搭了箱形纜車。

「所以說，他就是上次突然冒出來的那個男人嗎？」月村問，「我們不是邀妳一起來這個滑雪場，結果妳突然提出，說想和我們分頭行動。一問之下才知道，是妳前男友趕來這裡向妳求婚。」

「沒錯，當時那個笨男人就是我老公——你向大家打招呼啊！」

廣太在美雪的催促下，拿下了雪鏡和針織帽。

「上次給各位添麻煩了。」他深深地鞠了一躬。

桃實聽著他們的對話，終於瞭解了當時的情況。之前曾經聽美雪提到，廣太在滑雪場突然向她求婚。當時她只提到和同事一起去滑雪，沒想到竟然就是秋菜他們。

桃實注視著廣太的臉。雖然好久沒見到他，但他還是很英俊瀟灑。她對自己竟然對他還有這種感想深感懊惱，也覺得自己很沒出息。廣太的頭髮長長了，聽美雪說，他來滑雪場求婚時理了光頭。一年過去了，頭髮當然也長出來了。

桃實屏息斂氣，暗自祈禱著不會有任何人對她說話，更不希望有人叫她的名字。她想起了上次搭纜車時的惡夢，如果現在被他們認出來，在下纜車之前，都會尷尬得彷彿置身地獄。

「看到妳很幸福，真是太好了。」日田突然開了口，他說話的語氣也有點僵硬。

「謝謝。」美雪回答，他們之間的對話不像是客套，而是有一種很不自然的顧慮。

這時，桃實突然恍然大悟。

之前設計水城向秋菜求婚的計畫時，日田曾經提到，他之前曾經打算向一個女生求婚，在滑雪場埋伏，沒想到事情的發展完全出乎意料，那個女生被另一個男人搶走了。

那個女生該不會就是美雪？搶走美雪的當然就是廣太。

一定就是這麼一回事。這樣的話，所有的事都有了合理的解釋。

也就是說——

如果桃實日後和日田交往，等於又是撿美雪的男人。

桃實心想，這下子更不能表明自己的身分了。之前從美雪口中得知她和廣太結婚一事時，自尊心有點受到了傷害。總覺得美雪有點神氣，而且好像在同情自己。沒想到這次打算交往的又是美雪拒絕的對象。不知道美雪會怎麼看自己，即使表面上表示祝福，內心搞不好很不屑，覺得自己又和她不要的男人交往。

日田一旦知道桃實曾經是美雪老公的劈腿對象，心情應該也無法平靜，一定會耿耿於懷。

「對了，」水城問，「你們為什麼會分手？」

「啊？」美雪偏著頭問。

「你們之前不是分手了嗎？結婚之前，妳先生突然來到滑雪場向妳求婚，希望妳原諒他。也就是說，在那之前，你們已經分手了。」

「喔，是啊，沒錯，我們那時候分手了。」

「所以，你們那時候為什麼分手？大吵一架嗎？」

「不是啦，不瞞你說，」廣太抓了抓頭，「是我劈腿被她發現了。」

「哇哈哈哈，」水城開心地笑了起來，「那真的很不妙，你到底做了什麼？」

「說來很巧，就是發生在這個纜車上。」

呃！他打算提那件事嗎？桃實渾身起了雞皮疙瘩。

「什麼？在這個纜車上？怎麼回事？」水城追問。

「說起來真的令人難以置信，我和劈腿的女人一起搭纜車時，有一群女人和我們共乘，其中一人拿下了雪鏡，沒想到那個人竟然是我的同居女友美雪。」

「啊？」桃實以外的人全都發出驚叫聲。

「結果呢？後來怎麼樣了？」秋菜興奮地問。如果不是當事人，一定覺得這件事太有趣了。

「因為我戴著雪鏡和圍脖，所以美雪並沒有認出我，但我如坐針氈，一心祈禱著纜車趕快到站。」

「哇噢，」麻穗雙手摸著臉頰，「太刺激了。」

「結果呢？結果呢？」秋菜向前方探出身體。

「之後的情況真的驚險萬分。和我在一起的那個女人並不知道這些內情，所以一直找我說話，但我不能讓美雪聽到我的聲音，必須盡可能簡短回答，當時真是把我累慘了。」

可能因為所有人都聽得津津有味，廣太說得口沫橫飛，就連他身旁的美雪臉上的表情也很開朗。他們兩個人應該多次討論那天的情景，對他們來說，已經變成了笑話。

但是，那件事對我來說，並不是笑話。桃實狠狠瞪著眉飛色舞地繼續說明當時情況的廣太。

桃實並沒有完全從那天的打擊中走出來，每次回想起那件事，心情就很鬱悶。那天，她獨自搭新幹線回東京時，一路上淚流不止。

廣太的故事經歷幾次緊張局面後，即將來到高潮。也許是他曾經向別人說了好幾次，所以整件事整理得條理清晰，可能已經成為他固定的自虐話題。只不過想到自己也成為他自虐話題中的一個角色，就覺得怒不可遏，更為自己感到悲哀和悲傷。

「當我們走下纜車時，美雪看著我們，而且竟然看著我的後方。你們猜，她接下來說了什麼？」

聽到這裡，桃實感到不妙。她清楚記得當時的情況。桃實下了纜車後，美雪叫了她的名字。桃實。

桃實下定決心，即使廣太現在說出自己的名字，自己也要不為所動。日田和水城他們應該會以為只是剛好名字相同而已。

「說了什麼？」月村問。

廣太故弄玄虛地停頓了一下說：

「她大聲叫著當時和我在一起的女人名字。」

「啊！」所有人再度發出驚叫。

「為什麼？這是怎麼回事？」秋菜興奮地問。

「因為那個女人竟然是美雪的高中同學。雖然她們為久別重逢感到高興，但我腦筋一片空白，之後的情況因為意識模糊，記不太清楚了，反正就是當場揭穿了，我同時被兩個女人甩了。」

「是喔。」水城搖了搖頭說：「世界上真的有人這麼衰。」

「雖然我不該這麼說，但你真的很笨。」秋菜對廣太說。

「對不起，我真的是笨蛋。」

「現在也還是笨蛋啊。」美雪在一旁叮嚀。

「但你已經洗心革面，只要現在很幸福就好。」麻穗為廣太解圍。

「是啊，的確是這樣。」美雪有點得意。

廣太的自虐話題似乎結束了。桃實鬆了一口氣，至少沒有提到自己的名字。

「橋本小姐，妳最好還是小心點。會外遇的男人，等風頭過去之後，又會不安分。」水城說。

「你有資格說這句話嗎？」秋菜在一旁吐槽。

「正因為是我，才有資格說啊。我已經決定收心了。」

「你真的收心了嗎？」

「先別管我，現在不是在討論橋本小姐的老公嗎？」

「不，我不敢再亂來了。現在真的很安分。」廣太一臉乖巧的樣子低下了頭，然後徵求美雪的同意，「對不對？」

「現在好像安分一點。」

「哪是一點而已？」廣太不滿地嘛著嘴，「當時，我和那個女人也什麼都沒做。」

「但你打算有進一步的行動，不是嗎？因為你們原本打算住一晚。」

「是沒錯啦，但我提議當天來回，對方央求說，既然來滑雪，就希望住一晚。」

戴著雪鏡的桃實聽了廣太的話，忍不住皺起了眉頭。央求他住一晚？我嗎？然後桃實再度瞪著廣太。你在說什麼屁話！當初是你說要住一晚！

「所以，那個女人很主動。」麻穗信以為真地附和。

「沒錯，我是在聯誼時認識她的。她一開始就很主動，我也忍不住被她勾引了。」

喂喂喂，等一下——桃實很想插嘴。你在說什麼莫名其妙的話？當時不是你拚命追求我嗎？

但是，桃實告訴自己必須忍耐。因為好不容易下決心和日田交往，如果現在表明身分，會毀了一切。

「我覺得會被勾引的你才有問題。」美雪說。

「是沒錯啦，但她這麼大膽展開攻勢，男人十之八九會失去理智。」

「喔？那個女人用什麼方法展開攻勢？」水城好奇地問。

「不瞞你說，她色誘我。她胸部很大，襯衫的釦子解開兩個，故意露出乳溝，而且還故意在我面前彎腰。」

色誘？乳溝？桃實火冒三丈。誰這樣勾引你了？更何況那天我根本不是穿襯衫。但是——但是，必須忍耐。纜車即將到終點了。

「既然對方展開這麼猛烈的攻勢，男人真的無力招架。」水城說。

「對不對？」廣太得寸進尺，提高了音量。「因為我不希望對方覺得沒面子，所以也就回應了她。原本以為只是逢場作戲，沒想到聯誼之後，她還對我糾纏不清，結果我就敵不過她的攻勢……」

忍耐、忍耐，不要多想——桃實努力進入無念無想、心如止水的境界。

「更何況我在第一次聯誼時就已經告訴她，我已經有女朋友了。」廣太繼續說著這些莫名其妙的話，完全不符合桃實的記憶。

「啊？是這樣嗎？」美雪也露出第一次知道這件事的表情。

「對啊，我說了啊，但她還那麼主動，我猜想她應該想要橫刀奪愛吧！」

忍耐、忍耐。我沒聽到，我沒聽到——

「是喔，那個女人好可怕。」秋菜說。

「如果你真的被那個女人纏上了，現在不知道怎麼樣了。」水城問。

「不會有什麼好事，一定玩一玩，然後就被她甩了。當時真的是千鈞一髮，從這個角度來說，那次東窗事發是我很幸運。這個纜車是幸運的戀愛纜車。」

哈哈哈。廣太放聲大笑時，桃實腦袋裡迸出了火光。

纜車到達終點，門打開了，所有人都走下了纜車。

但是，桃實沒有走下去，獨自留在纜車上。

所有人都納悶地看著她。

「怎麼了？」日田問。

「再見。」桃實小聲地對他嘀咕。

然後，她扠著腰，瞪著廣太，緩緩拿下了雪鏡和圍脖。

幾秒鐘後，里澤溫泉滑雪場響起一聲慘叫。

謎人俱樂部

歡迎加入**謎人俱樂部**！為了感謝您對皇冠出版的推理、驚悚小說的支持，我們特別規劃推出讀者回饋活動，您只要按照規定數量蒐集每本書書封後摺口上的印花（影印無效），貼在書內所附的專用兌換回函卡上，並詳填個人資料後寄回，便可免費兌換謎人俱樂部的專屬贈品！詳細辦法請參見【謎人俱樂部】活動官網。

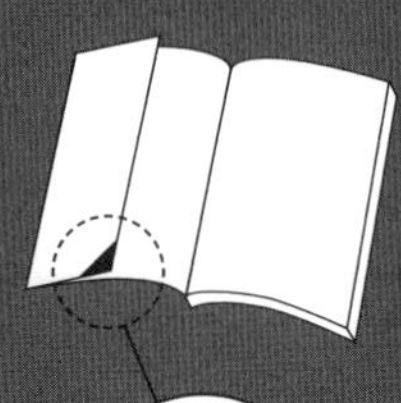

【謎人俱樂部】臉書粉絲團
www.facebook.com/mimibearclub

☐**集滿4個印花贈品**（二款任選其一）：

A：【推理謎】LOGO皮質燙銀典藏書套一個
（黑色，25開本適用，限量1000個）

B：【推理謎】吉祥物『獨角獸』圖案皮質燙金典藏書套一個
（咖啡色，25開本適用，限量1000個）

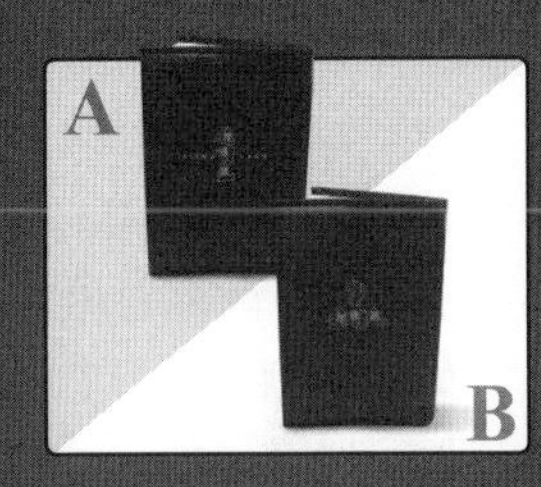

☐**集滿8個印花贈品**（二款任選其一）：

C：【推理謎】LOGO皮質燙金證件名片夾一個
（紅色，11.5cm x 8.6cm，限量500個）

D：【推理謎】吉祥物『獨角獸』圖案環保購物袋一個
（米色，不織布材質，41.5cm x 38.6cm，限量1000個）

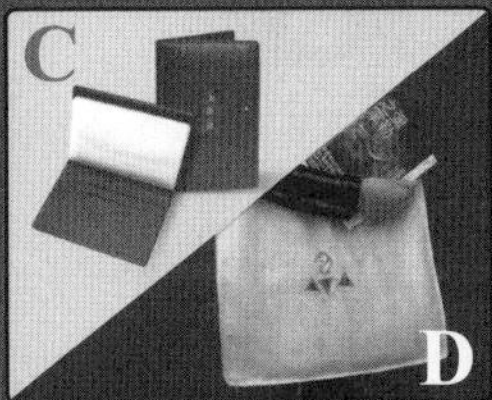

☐**集滿12個印花贈品**（二款任選其一）：

E：【推理謎】LOGO不鏽鋼繩鑰匙圈一個
（限量500個）

F：【推理謎】吉祥物『獨角獸』圖案馬克杯一個
（白色，320cc容量，限量500個）

謎人俱樂部會不定期推出最新限量贈品提供兌換，
請密切注意活動官網和粉絲專頁。

【注意事項】
◎本活動僅限台灣地區讀者參加。
◎贈品兌換期限自即日起至2019年12月31日止（以郵戳為憑）。
◎贈品圖片僅供參考，所有贈品應以實物為準。
◎所有贈品數量有限，送完為止。如讀者欲兌換的贈品已送完，皇冠文化集團有權直接改換其他贈品，不另徵求同意和通知。
贈品存量將定期在【謎人俱樂部】活動官網上公佈，請讀者在兌換前先行查閱或直接致電：（02）27168888分機114、303讀者服務部確認。
◎皇冠文化集團保留修改或取消謎人俱樂部活動辦法的權利。辦法如有更動，將隨時在【謎人俱樂部】活動官網上公佈。

國家圖書館出版品預行編目資料

戀愛纜車 / 東野圭吾著 ; 王蘊潔譯. -- 初版. -- 臺北市 : 皇冠, 2018. 01
面; 公分. --(皇冠叢書; 第4669種) (東野圭吾作品集; 28)
譯自 : 恋のゴンドラ
ISBN 978-957-33-3353-1(平裝)

861.57 106022870

皇冠叢書第4669種
東野圭吾作品集28

戀愛纜車

恋のゴンドラ

作　者—東野圭吾
譯　者—王蘊潔
發 行 人—平雲
出版發行—皇冠文化出版有限公司
台北市敦化北路120巷50號
電話◎02-27168888
郵撥帳號◎15261516號
皇冠出版社(香港)有限公司
香港上環文咸東街50號寶恒商業中心
23樓2301-3室
電話◎2529-1778　傳真◎2527-0904
總 編 輯—龔橞甄
責任主編—許婷婷
責任編輯—蔡承歡
美術設計—王瓊瑤
著作完成日期—2016年
初版一刷日期—2018年1月
初版五刷日期—2018年12月
法律顧問—王惠光律師

讀者服務傳真專線◎02-27150507
電腦編號◎527025
ISBN◎978-957-33-3353-1
Printed in Taiwan
本書定價◎新台幣350元/港幣117元

謎人俱樂部贈品兌換卡

我要選擇以下贈品(須符合印花數量):□A □B □C □D □E □F

1	2	3	4
5	6	7	8
9	10	11	12

◎請沿虛線剪開、對摺、裝訂後寄出。

【個人資料蒐集、利用及處理同意條款】

您所填寫的個人資料，依個人資料保護法之規定，皇冠文化集團將對您的個人資料予以保密，並採取必要之安全措施以免資料外洩。您對於您的個人資料可隨時查詢、補充、更正，並得要求將您的個人資料刪除或停止使用。

本人同意皇冠文化集團得使用以下本人之個人資料建立該集團旗下各事業單位之讀者資料庫，做為寄送出版或活動相關資訊、相關廣告，以及與本人連繫之用。本人並同意皇冠文化集團可依據本人之個人資料做成讀者統計資料，在不涉及揭露本人之個人資料下，皇冠文化集團可就該統計資料進行合法地使用以及公布。

□同意　　□不同意

我的基本資料

姓名：________________

出生：________ 年 ________ 月 ________ 日　性別：□男 □女

職業：□學生 □軍公教 □工 □商 □服務業

□家管 □自由業 □其他 ________________

地址：□□□□□ ________________

電話：（家）________________（公司）________________

手機：________________

e-mail：________________

◎請沿虛線剪開、對摺、裝訂後寄出。

我對【東野圭吾作品集】系列的建議：

寄件人：

地址：□□□□□

北區郵政管理局登
記證北台字1648號
免 貼 郵 票
〔限國內讀者使用〕

10547
台北市敦化北路120巷50號
皇冠文化出版有限公司 收